看世界本来的样子

大地记忆丛书

李松璋　黄恩鹏　主编

穿越阿尼玛卿

CHUANYUE ANIMAQING

李　城 —————— 著

GUANGXI NORMAL UNIVERSITY PRESS
广西师范大学出版社
·桂林·

图书在版编目（CIP）数据

穿越阿尼玛卿 / 李城著. —桂林：广西师范大学
出版社，2019.11
（大地记忆丛书 / 李松璋，黄恩鹏主编）
ISBN 978-7-5598-2226-0

Ⅰ. ①穿… Ⅱ. ①李… Ⅲ. ①纪实文学－中国－当代
Ⅳ. ①I25

中国版本图书馆 CIP 数据核字（2019）第 225318 号

广西师范大学出版社出版发行

（广西桂林市五里店路 9 号　邮政编码：541004）

网址：http://www.bbtpress.com

出版人：张艺兵

全国新华书店经销

广西广大印务有限责任公司印刷

（桂林市临桂区秧塘工业园西城大道北侧广西师范大学出版社集团
有限公司创意产业园内　邮政编码：541199）

开本：787 mm × 1 092 mm　　1/32

印张：7.125　　　　字数：130 千字

2019 年 11 月第 1 版　　　2019 年 11 月第 1 次印刷

定价：46.00 元

如发现印装质量问题，影响阅读，请与出版社发行部门联系调换。

非虚构写作：叙述世界的可能性

　　2015年的诺贝尔文学奖，颁给了白俄罗斯女作家斯维特拉娜·阿列克谢耶维奇。这个荣耀，是瑞典文学院对非虚构作家的高度肯定，也给"民间写作"以最大的鼓励。阿列克谢耶维奇站在民间立场，写在"国家利益"驱动下的诸多个人命运。她采录的是受历史大事件影响的底层"小人物"的声音，倾听他们的"说法"，体验底层社会难以平复的生命苦难。由此，在中国兴起不久的"非虚构写作"，被重新认知。

　　何谓"非虚构写作"？广义上说，以现实元素为背景、真实反映现实的写作，即非虚构写作。它首先被西方文学界重视，且完全是独立的、忠实内心的、不服膺外来因素的写作，是不受干预和遮蔽的民间写作。

　　非虚构写作，不是写实散文，也不是游记，而是民间叙事文本，是反映现实的"见证文学"；不是集体的写作行为，而是作家个体的写作行为；不是冷眼旁观，而是参与其中。体验和验证，是社会的实证主义（个体的经验主义）驱动下的一种写作，也可以是对社会大环境下底层的人文生态、农业生态和自然生态的田野调查。本质上说，非虚构写作是拓展了"向下"的写作。它让"民间的"视野宽阔且有纵深度。

非虚构写作，关涉人文地理和社会科学的认识论和方法论。也由此带来了写作的难度：一是准确无误的信源。作家所需的，是一张精细的地图和一块精准的罗盘，进行缜密独到的研究。操作态度必须一丝不苟。二是不能添枝加叶。它的真实性在于呈现事件本身，否决主观臆断，否决编造与虚构。像小说般编排故事、像戏剧那样设置悬念，都要不得。在资讯快速传播的世界文化大环境里，写作者要有谦逊的文化品格和巧妙的文本策略。三是囊括所有。与文本内容关联的历史、自然、人文及细微生活呈现，都可以为文本写作服务。

这三个难度，考验作家的水准，检验作家的耐性，挑战作家的能力。不能有离奇，不能有编造，不能像 PS 图片那样，随意增添什么去掉什么，让原有的色彩失真，让原有的图像变形、模糊。杜绝设置个人意志主导的荒诞，但不能拒绝现实或历史存在的荒诞。当然亦不能否认特定的地理情境下出现的一些非同寻常的现象。好在非虚构文学不以情节取胜，它要的是真实记录。非虚构与虚构的区别，在于具体的操作。小说家以假设和真实掺杂，揭示人类的处境和命运的问题；非虚构作家是用事实告知人们"问题"的存在，通过写实，让我们认知、对证，消除疑虑。非虚构写作是"还原"世界的"观察笔记"。

为达到效果，作家需要取消片面性的主体认知。花些时间，迈出步子，深入实地，不厌其烦地去挖掘原始事件，或是陈年旧事，或是历史典藏，或是正在进行时的社会和个体事件，把故事的碎片拼接成一块完整有序的图谱，厘清规则或不规则的脉络。复活记忆，复原意识，让心灵方向和智性写实找到一个理想的出口，引人入胜，将读者带进一种奇异的、令人难以抵达的神秘地带。

普林斯顿大学新闻学教授、美国著名非虚构作家约翰·麦克菲（John McPhee）认为：非虚构作家是通过真实的人物和真实的地点与读者沟通。如果那些人物有所发言，你就写下他们说了什么，而不是作者决定让他们说什么。你不能进入他们的头脑代替他们思考，你不能采访死人。对于不能做的事情，你可以列下一张长长的清单。而那些在这份"清单"上偷工减料的作家，则是仗着那些严格执行这份清单的作家的信誉，在"搭便车"。

非虚构作家是行走作家，但行走作家不一定是非虚构作家。非虚构作家以亲历的写作，比闭门造车、虚构编撰的作家更应该受到尊重。或许，契诃夫的《萨哈林旅行记》是较早的非虚构作品。而爱默生、梭罗、约翰·巴勒斯、巴斯顿等自然主义作家，亦是这方面的先行者。他们以自然为师，以时代为镜，以真实笔录记载自然天地大境，提纯思想要义。文本呈现的是自然乡土对人类情感的培育、人类自觉的心灵在天地间弥漫的道德感。它与利奥波德"生态道德观"和约翰·缪尔"自然中心论"之理念相符合。

主体审美视域，离不开外部世界的浸染。作为非虚构写作者，必须尊重客观事实，不能有所顾忌和惶惧。比如：社会恶性发展对人类精神和情感的破坏；世界观的偏离对人类伦理道德的冲击；大环境下的经济竞争带来的非常规手段的博弈；大众化民生本态与小众化生存状态之差异等。在田野的探研和调查过程中，民生环境、人文历史，都将活脱于文本。自由的素材，忠实的经验，直抵时代的痛处。以独特的语境，"敞开"许多被历史和现实"遮蔽"的东西。

作家是自然生态与人文生态的关怀者、监督人，是社会变革的体验家。但有时候，作家的行为体验，会带来道德困窘。面对休养生息的民生，是否影响了其本态的生活？叙事与析理，全景式的呈现，又会不会陷入迷惘？心境的外在延伸，又必然要展示它的客观性——格雷安·葛林式的抵达之境，列维-斯特劳斯式的抵达之思，约翰·贝伦特的抵达之梦，奈保尔式的抵达之谜等。超越"本我"局限，注重"原象文本"，是非虚构写作意义的真髓。

当然，我们不是为了苛求意义本身，而是注重大大小小的生活场景所反映的真实的民生本态。它不是写意画,它是精雕细描的工笔。小生活也是大生活,小场景的现实故事即是大场景的历史。一个脚印,就是一行文字;一个身影,就是一个段落。

因此,"大地记忆"非虚构作品,以主体写作与大地文本联系为主旨,亲历边缘,为社会记录田野调查式的生存之相。精确和准确,细致和缜密,都应该毫不含糊。

这套书由作家担任主编,也是因为作家对作家的熟悉、了解,有针对性约稿、有针对性选题,关注那些不被关注的地域和群体。所选作家,都是有着多年丰富民间写作经验的作家和注重田野调查的人类学者。由此,编辑这套书的深意就不言而喻了。即为了留住此时代与彼时代的记忆,让文本有效地成为岁月变化的证词。这些作家在珍贵的调研中,以沉静的讲述,将秘密解蔽、敞开、呈现,真实道出了一个客观的、具体的、不加伪饰的、被无数理念改变了的大地状态,记录下人们共同的记忆、一切可能的集体印象的存在。我们应该感谢这些作家以辛勤的脚力和心力,写出他们生命中的重要作品,为我们捞回正在消逝的民生本来的存在。

这是对"记忆之死"的抢救,亦是对"国民记忆"的抢救。

这就是我们所认知的非虚构文本最重要的写作价值和存在价值。

目 录

第一章

首曲牧歌

走过那片草地，山花铺成迎接的地毯。

在黄河首曲，那条滔滔大河回旋的第一弯，牧人的呼哨划破黎明。提着奶桶的女人衬衫上奶渍斑驳，紧绷着身体。而她们的孩子，那些红脸蛋卷头发的孩子，依然酣睡于帐篷一角，柔软的羊皮袄是他们的襁褓。船形土灶里火苗欢腾，奶茶噗噗溢出，灶台上飘落雪白的灰烬。

炊烟摇曳而上。那些帐篷，白底上绣着蓝色云纹的帐篷，还有黑牛毛编织的厅堂般的帐篷，将一条条炊烟的白练抛向碧空。露水消失的时候，揉碎的奶酪晾晒于草地，一方方洁白如雪，乳香飘散。花瓣在阳光下次第绽开，那些赛钦花，那些金露梅、银露梅，那些山丹和毛茛，那些铺陈天际的细碎繁花，可真是灿烂啊，如同吉祥天女编织的锦绣。

走过那片高地，靴子上粘满金色粉尘。传说中的草原，牧歌里的草原，我曾不止一次地驻足感叹：有一种高度，总也难以企及；有一种辽阔，永远无法丈量……

蹚过一百零八条河

有班车可以抵达梅朵合塘附近的欧拉秀玛乡。大清早，我从玛曲县首曲旅馆跑出来，第一个坐上了那辆班车。车主是一位穿着僧裙的年轻阿克（僧人），坐在售票员的位置上，正在摆弄一台手提式录音机——车上原先装有播放机的地方，只剩下一个方形的空洞。阿克抬头看了我一眼，点了点头。他的目光专注而沉静，似乎还有点超然的意味，我想那是他诵读过许多经文，也长时间凝神观想的结果。

天阴着，飘洒着蒙蒙细雨。尽管是夏季，伴随雨丝的依然是凉风。

咔哒咔哒的按键声之后，录音机响了起来，播放出熟悉的藏族轻音乐《雪域之光》。虽然没有伴唱，但我是记着那歌词的：天上的星星啊，天上的星星啊，照耀着天边的雪山……

在这片草地上，天边的雪山下，就是梅朵合塘。去一趟梅朵合塘的打算，藏在我心里已经多年了。藏语把花叫作梅朵合，把滩叫作塘。而藏语中的滩，面积往往比想象的要宽广得多，如桑科滩，晒银滩，乔科滩，等等，实际上指的是一片辽阔的草原。整片草原上全是热烈奔放的花朵，那是一种什么样的壮观与美丽？

曾经有搞摄影的朋友从玛曲回来说：你见过蓝色的海洋吧？玛曲也有，不过它是金色的——那是梅朵合塘金莲花的海洋。

高原一隅竟有如此景象，怎能不让人神往呢。

从玛曲县城一路向西，越过一百零八条黄河的支流，到了与青海毗邻的一片草原，就是梅朵合塘。到了那里，我想我会静静地躺在花海中，看白云拂过雪山草地，看日月星辰在空中运行，让纯粹的花香穿过我的肺，渗透我全身的血脉。

悠悠音乐声中，乘客陆续上车了。

就在我看着车窗外出神的时候，一双大手猛地抓住我的前胸，几乎将我拎了起来。那是一位身穿斜纹布藏袍的中年莽汉，身材高大，两腮上满是痤疮留下的瘢痕。他的身后站着两个半大孩子，也愣愣地看着我。也许这莽汉向我说了些什么，我却没有在意。虽然我的同事和周围的人大多是藏族，但平时总习惯用汉语交流，这使我的藏语会话能力始终停留在初级水平。我只知道一些日常用语，比如说你好为"巧戴帽"，抽烟为"刀舔"，喝酒为"枪吞"，不抽烟也不喝酒者，被我们戏称"刀枪不入"。我听不懂更多的藏语，自然就不会去留意别人在说些什么，因此就莫名其妙被这个莽汉揪了起来。我看了看周围，车内已经被乘客和他们携带的物品占满了，我似乎明白了这应该是怎么回事：他可能就座位问题向我提出过什么要求。

我也伸出了我的手，扯住他的前胸。他差不多比我高出20厘米，但我不会放弃我的座位，我是第一个上车的。我们要去的那片草地，曾经是以男人的勇猛强悍而闻名的欧拉部落，有赞语说：枪里头的博拉，人里头的欧拉。可是，勇猛强悍也不是蛮不讲理。我知道他们平时是怎么做的：如果你受到了某种侮辱，比如一句不敬的话，或者是一个轻蔑的眼神，你就有权当场采取措施，迫使对方完全收回他的不恭。

就在我等待事情进一步发展的时候，年轻的阿克向莽汉"嗨"了一声。莽汉回头看了阿克一眼，伸了伸他的舌头，脸上随即露出笑容，松开了我。他还拍了拍我的脊背，意思是他在开玩笑。阿克安排两个孩子坐到司机旁边的引擎盖上，莽汉就和我并排坐了下来。

车内男男女女都穿着宽大臃肿的袍子，空间变得非常有限。何况牧区的女人们不愿忍受那样狭小的座椅，她们只是把所带的东西堆放在座位上，自己则站在通道里，塌着腰趴在椅背上，保持着背水时的优美姿势。

车依然没有开动的意思。从人们的对话中，我粗略听得出来，有些乘客还在旅馆里睡觉；为了使他们不耽误今天的行程，需要打发人去叫醒他们。

顶着飘洒的雨丝，班车顺着黄河向西而行。常言天下黄河向东流，可在这里，黄河一路向西奔流数百公里，容易让人产生方向上的错觉。

我的同座向我靠了靠，用藏语提了一个问题。我清楚他问的是什么：你是哪个民族的？而就眼下的情景来说，应该为：你是藏族还是汉族？因为我身上穿着汉服，这在满车乘客中是唯一的。

这样的问题，我听到不止一次了。比较有趣的一次，是在一个初春的雪夜，我踩着厚厚的积雪从某个县城的街道上经过，街旁树下突然走出一个身穿军大衣、用领子遮住面孔的青年人。他挡住我的去路，迎头就是这句问话。当时我回答说："喔柔因。"我是说，我是藏族。可是接着他又说出了一个冗长而复杂的句子，而且语速极快，让我摸不着头脑。好吧，那青年说，这时他自己说的也是标准的汉语。他伸出他的手说：朋友，借点钱吧，兄弟我身上没有酒钱啦。

现在我还回答"喔柔因"吗？接下来肯定还有一大堆问题，比如你从哪里来，到哪里去，去做什么，等等，而我肯定回答不好。

其实我应该说：我不属于哪一个民族。可如果真的这样回答，又会显得不通情理。我们似乎从来没有权力可以这样宣称：我只属于人类，而不属于哪一个民族。

我出生在甘南东部藏汉杂居地带，我的父系是明代移民过来的汉族，而母系是当地藏族。我成长的年代人们很少用藏语交流，从小就几乎没有说过藏语。记得只有一些特殊客人到来的时候，主客间才用藏语交流。卓尼杨土司的百姓、车巴沟的一户藏族牧民，与我家互为"主人家"，每年秋季，他们一家男男女女骑着马、赶着驮牛，来到我家会住上十天半月。男人们白天去哇寨（临潭旧城）购置生活用品，女人们则帮我家捻毛线、编毛绳或织褐子。那时我们弟兄几个年纪还小，只是很自豪地替他们的驮牛添草饮水。而我家如果需要在牧区购买耕牛或者畜产品，就直接委托他们办理。可惜后来交通发达了，有了拖拉机、汽车，互相来往就日趋减少；随着熟识的老一辈人相继去世，那种关系就彻底中断了。

我年幼时仅有的学习藏语的机会，就那样忽略掉了。

西藏作家扎西达娃生于四川巴塘，他和我相反，父亲是藏族，母亲是汉族，可是他不仅精通藏语，而且能出色地描写出藏族社会各个阶层的生活。四川作家阿来也不是纯藏族血统，但他会说一口地道的川西嘉绒藏语。有次他路过小金川一个村子，在路边一张露天台球桌旁，一群好斗的小伙子对穿着汉服的他投去"不友好的目光"。他在回忆那件事情的时候写道：当其中一个小伙子横着台球杆向他逼近的时候，他出乎对方意料说了一句精彩的嘉绒藏语，于是，一场可能发生的冲突就化解掉了。我更佩服汉族老作家王蒙，他在20世纪60年代下放到新疆伊犁农村，靠学习维吾尔语在当地立住了脚，并赢得了当地人的信任和尊重。他说："一种语言并不仅仅是一种工具，而是一种文化，是一个活生生的人群，是一种生活的韵味，是一种奇妙的风光，是自然风光也是人文景观。"可是，我有时候不得不自称藏族，却说不上一句超过三个单词的藏语。

生活在青藏高原与中原内地交会地带的人们，要回答民族的归属是困难的。说我的母系为藏族，其实也只是现今大概的归类而已，若要寻根溯源，则需回到公元8世纪前后，那时她的民族称为党项，是生活于青藏高原东部的土著牧人。吐蕃王赤德祖赞效仿松赞干布的创举，与大唐金城公主联姻，大唐就将这片河曲草原作为公主的"汤沐之地"赠予吐蕃。后来大唐气运衰败，吐蕃的千万铁骑席卷东进，这片草地上的党项与吐谷浑及其他土著羌人一起，就湮没于吐蕃人当中。而今，谁能将我身上的血液进行过滤，然后指着其中的某一部分说：这是属于党项的？在非要确认归属问题的时候，我便说我是藏族。我知道这不应该是随意的附庸，而是出于对这个民族的认同。当然也免不了附带一些功利的因素，比如我的孩子将来升学或者就业的时候，可以得到与他从小一起长大的伙伴们同等的机会。

哑巴？我的同座见我不回答他的问题，就用汉语吐出了这个疑问句。

是的，这次梅朵合塘之行，也许就是我的一次无言的行程。

中午时分，汽车开上了一条斜坡。让我吃惊的是，这辆破破烂烂的汽车，载着这么多人和物，竟直接冲上了一座陡峭的山嘴。

雨歇。日出。向阳的山洼里，是一座规模不小的寺院，经堂顶上的宝瓶宝幢金光闪亮。我想这就是欧拉年图寺了。以前有人介绍过，这座寺院是二百多年前由拉卜楞寺扶持修建的——直至20世纪50年代，欧拉部落仍是拉卜楞寺院的直辖区域。

车停在寺院下方的一个敞院里。车主阿克从他的座位上站起来，对大家说了一句"撒玛撒"。他是说"饭吃"，这和汉语的语法有所不同。他怕我听不懂，又面对着我，左手做端碗状，右手五指并拢向嘴里刨，他的嘴同时做出咀嚼的动作。然后他笑了笑，意思可能是让我放心，不会有什么问题的。他勉为其难而又认真的样子，使我心里暗自感动。他的眼神沉静如初，超越了语言所带来的所有不便。

敞院的北部，是年图寺所建的一排漂亮的太阳能暖房，进入玻璃门，里面是干净整洁的餐厅。我要了一碗加工炒肉面。名为炒肉面，其实差不多全是羊肉和粉条，面片少得几乎找不出来，更没有一星半点的绿色。

蔬菜的缺乏是这里自古以来的现实，只有宽的细的各式粉条是大受牧民欢迎的。可就在几年前，偏僻牧区的一些老人连粉条都不习惯食用。我在牧区的一个朋友说，他第一次买粉条回家，做肉丝粉汤给他年老的阿妈吃，他的阿妈竟然大惊失色：坏儿子，你怎么给我吃这些又细又长的虫子？无奈等到天黑再将肉丝粉汤端给阿妈，阿妈边吃边高兴地问：什么好东西啊，还没有咬，自己就窜到喉咙里去了！

与我同座的莽汉坐在餐桌对面，他自己不吃饭，却意志坚定地陪着我。他一直好奇地打量着我，似乎要发现我的什么破绽。饭后我从寺院的小卖部买了两瓶啤酒，递给他一瓶。他没有推辞，也不说话，只管瓶底朝天痛饮起来。

汽车在驶下年图寺的山坡时，路边有个时髦的姑娘骑着摩托，后架上捎着一个年轻英俊的和尚，超过汽车向前疾驰而去。车内的人们都嬉笑起来，汽车司机也似乎受了感染，松开刹车从斜坡上疾驰而下，仿佛要追上前去看个究竟。汽车三颠两簸，行李架上一只重重的箱子跌落下来，恰好砸在我的头上，使我眼前一片漆黑，眼镜也被砸掉了。

阿克让司机停了车，并责怪了几句。我同座的莽汉伸了伸舌头，帮我找见了掉在地上的眼镜，并把那该死的箱子重新放了上去。

汽车涉过了一条又一条清澈的河流。那都是黄河上的支流，使黄河不断发育丰满。据说，黄河的水量在玛曲境内增加了将近一倍。

简易公路一会儿降到黄河岸边的第三级冲击沙滩上，一会儿又跃上第二级、第一级台地。如今，一二级台地就是遍布牛羊帐篷的大草原，号称亚洲最好的牧场之一。黄河用了多少年走过这三个年龄段的？我想，恐怕要以万年作为计算单位吧。大地上有黄河的时候人类尚未诞生，而假若有一天人类从地球上消失了，黄河肯定还在汹涌奔流。

黄河的支流上都没有桥梁，哪怕是最简易的桥都没有。汽车只有加大油门往前冲，如巡洋舰一般排开河水，以免在河心突然熄火。

可是，有一次还是在河心抛锚了。人们不用谁说什么，纷纷脱掉靴子，争着下车去推。在我要下车时，阿克向我摆了摆手，又摇了摇头，意思似乎在说：你嘛，就不要去了。

我还是下了车，让双脚探入冰凉的河水。

一只被雨水淋湿的灰狼垂着尾巴，从河对岸经过，谁也没有在意。它一边用坦然的眼神看着车和人，一边小跑着遁入远处的灌丛。

涉过这些河流并没有过分影响赶路的速度，可是一进入欧拉秀玛草原，汽车就走走停停，进程大大减缓下来。

现在，年轻的车主阿克显然在履行送货员的义务——而他在县城的时候，肯定是一个又忙碌又负责的采购员——几乎每看到一个帐圈，他就让司机鸣号，然后那个帐圈就有人骑着马或赶着牦牛姗姗走来，从车上取走几袋面粉，几只纸箱。有时候，需要分送东西的帐圈远在山谷之中，看不出是否还有人家，但鸣号之后，果然有骑马的人远远赶来。

等待时间最长的一次，是有位骑马的牧民截住汽车，向阿克说了句什么，然后就勒转马头走了。谁知他是要往欧拉秀玛捎东西，而东西还在看不见影子的牧场里。我的同座拿出一个黄铜镊子，在坑坑洼洼的下巴上夹来夹去，其实那里一根胡子都不存在。后来，汽车也熄了火，乘客们也大多下了车，在湿漉漉的草地上躺着，坐着，抽烟闲聊的，拨着嘛呢珠的，都是一副超然的神情。他们的帐圈里可能拥有数不清的牛羊，但那并没有使他们中的大多数人富裕起来，唯有与生俱来的乐观气质，使他们对清贫和单调的生活有着非凡的承受能力。

我一个人走上一座小山包，看着一望无际的草地，突然有一种莫名的伤感。那种情绪穿过漫长的世纪，悄然抵达我的心头，仿佛是一曲天籁般的音乐。这里天高地阔，四周没有围墙，可地理上的距离成为心理上的距离，生活习俗的区别成为人群的区别。这种距离和区别使这片草原成为"神秘的羌海"，过于长久地自我封闭，与世隔绝。20世纪30年代，美籍奥地利植物学家约瑟夫·洛克试图去梅朵合塘考察那些奇异的花卉，在卓尼杨土司官邸做了两年的筹备，可是他率领的考察队仅仅行至现今玛曲县城附近，就因"种种原因"滞留不前，最终原路返回。只有在刚刚过去的20世纪下半叶，这里的年轻人才陆续走了出去，与其他民族的人们一同在政府机构或者社会事业共事，也不乏自愿到这里来施展才能、服务当地牧民的内地汉人。兰州青年李贡，得知这里的牧民缺医少药，从卫校毕业后就来到欧拉卫生院，不但很快适应了牧区生活，而且学会了藏语。他为了医治好女牧民曹加的烧伤，忍痛割下自己身上的四块皮肤，移植到患者久治不愈的伤口上，成为牧民真心感激的"红色曼巴"。上海"侉子"王万青，从医科大学毕业后来到阿万仓草原，为了表示终生服务于玛曲牧民的决心，娶了当地藏族女人为妻，成了地道的玛曲人。亚热带海滨城市厦门的渔业专家阮亚寿，将玛曲

留居玛曲草原的上海医生王万青和他的藏族夫人

四百多公里的黄河流域作为他的实验场，高寒和风湿使他的全身骨节扭曲变形之后，成功建起了世界上海拔最高的虹鳟鱼繁育基地。如今，从这里出去的人继续出去着，自愿来这里为牧民做一点事的内地人却是少见了。

细雨又飘飘洒洒地落下来，帐篷牛羊隐入迷蒙的雨雾当中。年轻阿克的录音机里，依然播放着原先的那首歌。不知他为什么总是喜欢听那一首——实际上我也喜欢，那哀婉苍凉的音调是如此富有感染力，似乎击穿了我情感中结茧最厚的部分：天上的星星啊，天上的星星啊，照耀着千年沧桑的草原……

骑马的那个牧人又出现了。他和他的妻子赶着几头牦牛，牦牛背上驮着高耸的羊毛驮子，呼哧呼哧蹒跚而来。大家像替自家干活一样，七手八脚，将羊毛从牛背上卸下来，架到车顶上，绑得结结实实。

其时，暮色已悄然降临了。

过了一百零八条河中的最后一条，赶在天完全暗下来之前，终于到达那个叫作欧拉秀玛的草原小镇。

可是，梅朵合塘在哪个方位，我仍旧茫然无知。我知道，乘客中大部分人都是懂得汉语的，但我就像一个无助的失语者，站在细雨凉风当中，看一路同行的乘客们各自走散。我的同座，那满脸痤疮瘢痕的莽汉，怜悯般地在我背上拍了一下，就领着他的两个孩子走了。只有那年轻的阿克不时投来关注的目光，似乎在问：有什么需要帮助的吗？

有一辆拖拉机开过来，停在汽车一侧。阿克帮那位穿着藏袍、褪下两只袖子挽到腰间的拖拉机手，从汽车上卸下一些东西，搬入拖拉机车厢。

突然，那拖拉机手向我走了过来，站在我的面前，有点唐突地问道：

巧——德冒？

是不是又要问那个令人不快的问题？但无论怎样，我不想做任何回答。整整一天，我没有说过一句话，因为这是我的一次无言之旅啊。

嘿，吃了皇粮，就不认得我啦？

他说出这句汉语的同时，在我的胸前捶了一下。原来，他是我少年时的朋友，和我同村，一起长大，一起念书。没想到就在这儿碰见了他！

年轻的阿克看着我们，脸上闪过一丝平和的微笑。然后他关上车门，空空的汽车就开走了。

寒暄之后，得知我的这位朋友几年前在收购畜产品时认识了一位当地牧民，觉得情意相投，就互相认作了"主人家"。草场承包之后，他的"主人家"就不再随季节搬迁帐篷了，而需要定居下来，他就开始帮其修建住房。今天他托车主阿克从县城买来了玻璃、铁钉、油漆之类，现在是来接货的。

我原以为，"主人家"那种古老的民间交往形式，已经不复存在了呢。

你会藏语？我几乎用崇拜的语调问了一句。

这里的规则是认话不认人，他笑着说。

是的，王蒙说了，语言不仅是一种工具，还有许多其他内涵。

然后他热情地邀请说：跟我到我"主人家"的牧场去吧。

可是……我说。我本来想说我要去梅朵合塘，但又咽了回去。有些事可以一个人默默去做，比如一个人躺在梅朵合塘无边无际的花丛中，看着天空中日月星辰的运行，暂时忘却人间世事，放弃固有的观念和成见，使自己单纯如同婴儿，然后重新设计自己该如何走路，该学会什么样的语言……可是这样的事说出来会显得荒唐。我就改口说，好吧。

我跨上了拖拉机车厢，继续向西。远山黑黢黢的，天地混沌一片，只有经过一些帐圈时，从帐篷门帘的缝隙可以看到一星半点微弱的灯光。我想，牧人的生活可能发生着某些变化，可是，也有些永恒不变的东西。不变的自然不全是好的，但其中那些更稳固更厚实的，正是我们心中希望不要消失的部分。

拖拉机在夜幕里啪啪啪地前行，一路上伴随着我的音乐旋律，又猛然回响在我的耳畔：地上的酥油灯啊，地上的酥油灯啊……给草原永恒的温暖，给雪域美好的祝愿……

阳光照亮她的脸

当秋风吹过草原

当第一场雪染白山巅

一匹孤独的马扬起了头

它听见了远方的呼唤

　　我在笔记本上写下这几句话，又踏上了去南部草地的漫长旅程。

　　又来到了郎木寺。首次到这个白龙江源头小镇时，我意识到至少要去三次，因为它距离我居住的合作市173公里，似乎预示了"要去三"之意。可到如今，专程去还有路过时短暂逗留的次数，加起来不下十几次了吧，但这个小镇给我的神秘感并没有因此而衰减。那被雨水冲刷成铁青色的榻板民居，那仿佛燃烧着的焦炭似的红色山岩，那空气中弥漫着的令人陶醉的桑烟味，还有那被岁月蚀断的木板桥，泥泞得几乎无法行走的街道。有时我会突然问自己：我来这里是寻找什么？我无法回答自己。也许，只是想呼吸一下柏树枝燃烧和糌粑烧焦的味道，再就是与那些背着毡卷远道而来的朝圣者一道，让自己的双脚粘上黑色的泥浆，在高大的寺院建筑与低矮的民居板屋之间茫然地行走。

　　而这次，我只是将郎木寺作为起点。

　　沿寺院活佛府邸下侧的小路，向西北翻过一道山口，望见远山下经幡林立。有两个尼姑站在山口西边一座新修的瓦房前，瓦房的下侧是一顶牛毛帐篷。其中一个尼姑将手搭在嘴边，用清亮的声音向我喊道：喂，买票。我问：多少？回答说十块。我故意讨价还价：五块行不行？她说：你过来，我们好好说。

我就过去了。喊买票的那个尼姑年轻健壮，面带顽皮的笑靥；另一个年龄大些，面色微黑，表情有点矜持。那瓦房刚刚修好，可能是用来售票的，门前地势不平，她俩正手握铁锹取高填低，草地被翻出了油黑的泥土。我说，这样不好，一下雨就是泥，不能走，还不如原来的草地干净。瘦尼姑看着她们的劳动成果，恍然醒悟似的点了点头，可是草地已经被翻得一塌糊涂，无法还原了。

我们闲聊了一阵，我说，能不能请我去你们的帐篷喝一碗茶？胖尼姑咯咯地笑了，说：不好看呀！她双手合掌，作倾斜状，笑着说，这样的啊，你会笑话的。我一看帐篷才明白，她是说她们的帐篷歪了，就要倒塌的样子，不好看。我知道，就是好看得很，尼姑的居所也不是说去就能去的。

谈笑之后，她们再也不提买票的事。草地上开着些深蓝色的龙胆花和硕大的蒲公英，展示着严霜不能摧折的生命力。除了我一个人的身影，和自己脚下沙沙的脚步声，整个山谷被巨大的空寂所笼罩。回头看看经过的山口，两个尼姑和房子已经小得看不见了。我担心这无边的空寂会将我微小如蚁的身躯吞噬，就像海绵吸收掉一滴水一样。这样想着，心跳就猛然加快了。

接近牧人为死者送行的神鹰谷时，地上便有许多废弃物，绒衣、线裤、皮袄、毡毯、被子，更多的是白色的纤维袋，在山风中翻飞飘动，有的挂在灌丛上，旗帜一般招展。还有一些精致的木碗、勺子、礼帽、手杖之类，那都是死者生前的钟爱之物，或许还因为别人动了它们而生过气斗过嘴，而今，就这样被抛弃了。

在白河边的小镇唐克尔，我看到了世界上最疯狂的摩托飞车表演。那些健壮英俊的牧民的后代，与依然骑着老马蹒跚而行的父辈们相比，可以说是极尽潇洒了。

唐克尔的街道由三条大路会聚而成，一条向南通往去红原的公路，一条向北通往"天下黄河第一弯"，另一条向西通往白河大桥，延伸至草原深处。由于道路很直而且平坦，年轻人们总是加足油门，使摩托车发出声嘶力竭的吼叫。秋天的大道被一道道尘土所笼罩，一些躺在路边的野狗被尘土覆盖，若不是从它们掀动着的腹部看出还有呼吸，都不能确认是否还有生命。

尘埃中走来三个人，一个是我，另外两个是化缘的僧人。我们从若尔盖至红原的岔路口结伴而行，一起走了大约五公里，来到杂乱无章的唐克尔小镇。他们是从甘孜一路化缘而来的，说攒够一定的钱，就去西藏拜师深造。他们中的一个高大威武，身挂三样东西：一是护身佛盒，中间嵌着十一世班禅像，一是用牛皮蒙着的圆形酥油糌粑盒，一是牛角镶底做成的水壶，猛然看去，就像披挂齐全的武士，走在中世纪的荒原上。他的同伴则是一个瘦弱的僧人，挂着一根胳膊粗的桦木棍，走起路来有点蹒跚，估计他的脚掌被磨坏了。他的特别之处是袈裟之上系着腰带，将一整张羊皮固定在胸前。那张羊皮的毛朝里皮肉向外，可能是早上才剥的，我刚遇见他们时，皮子上的血迹还有点湿，可是走着走着，那羊皮就发出咔嚓咔嚓干硬起来的响声。在这单调的响声里，瘦弱僧人的脸色愈加显得疲惫不堪。

当我们将要进入镇子的时候，一辆摩托风驰电掣般迎面而来，骑车的人是个戴着墨镜的壮汉，后架上捎着一个女人。我和那个大个子僧人闪到路边，可瘦弱僧人未来得及做出反应，就被撞倒在地。摩托车用最大的嗓门吼叫着，扬长而去。

他倒在尘土之中，飞扬的尘土还在向他的身上撒落。身材高大的同伴看着他，并没有过去扶他一把的意思。

然而他还是站了起来。他甚至没有回头去看一眼撞他的摩托，甚至没有拍打一下羊皮上粘满的土，什么事也没发生似的继续赶路。

我知道，只要心中有佛，一切都是身外之物。

在靠近黑水的一个小寨里，我为了讨一碗水喝，认识了一位名叫春罗的女人。

　　在一座低矮的房子前，她坐在太阳下缝制冬季穿的皮袍。她将那半成品铺在干净的石板地上，坐在上面穿针引线，一副安闲的样子。她上身穿一件松松垮垮的杏黄色衬衫，将草绿色呢子藏袍的袖子窝在腰带下面。她看见我，漫不经心地打量了一下，用不太流利的汉语说：来，缓一会儿。

　　其时我正口渴难耐，心想也许能从她那儿讨得一碗水喝，就过去与她闲聊起来。她有三十多岁吧，脸上的皮肤很是细嫩，但仔细看的话，就会发现眼角和耳根已经失去足够的光洁了。我说，能给一碗水吗，凉水也行。她放下手中的活说：进屋去吧。

　　我跟她走进去，光线有点暗，但看得出来那是一间客厅似的屋子，中间是火炉，两面都摆着沙发，人造革的，而且已经破出许多洞，露出了海绵。在她为我倒茶的时候，我看着墙上相框里的相片。她笑着说，房里乱得很，是吗？她有一口洁白整齐的牙齿，似乎那些牙齿自从长出来就从来没有咀嚼过东西。她的眼睛也非常好看，清澈，温和，不卑不亢，可以说是一个有气质的女人吧。

　　我与她隔着小茶几坐在单人沙发上，在我取出香烟准备点燃的时候，她居然也要了一支。我看着她笨拙的吸烟姿势，心想，她也许是个遭受过挫折的女人。

　　果然，她说她的男人找了一个年龄很小的姑娘，到别处鬼混去了。她还用有点生硬的汉语说，她不再找藏人。我暗自吃惊，清楚她的话有失偏颇，但毕竟事出有因。她还说她的名字叫春罗。

　　这时门口的光线闪了一下，进来一位身材苗条的年轻女子，身穿宝蓝色织锦缎藏袍，眉清目秀，面带微笑，看了看我，坐在我们对面的长沙发上并翘起了腿。她看见我的照相机，就对春罗说了句什么，春罗向我说：她叫央可，以前是尼姑，如今还俗了，她不会讲汉话，她问能给她照一张相吗。我说，当然。她就笑嘻嘻地摆好姿势让我照了一张，我想要是冲洗出来一定是很酷的，说不定可以上杂志封面。春罗要过相机递给央可说：让她给我俩照一张吧。当我坐到春罗的身边时，她的身子竟然倚在我的胸前。只是可怜的央可找不到照相机快门，弄了半天才听见咔嚓一声，也不知是否将我们摄了进去。

　　这时，门外有男人急切地喊道：央可，央可。

　　央可华丽的袍子又在门口的阳光中闪了一下，一阵清风似的飘然而去。

　　春罗沉默了一会，有些伤感地说：她怎么要还俗呢，男人们只知道占你的便宜，时间长了又会撇下你，去找别的女人……如今，我还想去当尼姑呢。

我的脸莫名其妙地发烧起来。后来，我就谢绝她的挽留，借故急忙离开了。春罗有点生气，说，不管怎样，我们已经是朋友了，一定要把相片寄过来。

我答应一定寄。可是离开以后才想起，那是无法邮寄的，因为她没有告诉我地址该怎么写。

快到马尔康的时候，我的脚打了许多水泡，眼看就无法走动了。在一个养路道班门前的水泥台阶上，坐着一位藏族男子，他看着我从他面前走过，叫了一声：喂。

我停下脚步，转过身看了看他。他又说：哪里去？

马尔康，我说。

我还以为你去拉萨呢，他说，休息一下，一块走吧。

我就走过去，想坐到他旁边的台子上。他将身边的一沓羊皮拉了一下，说，坐到这上面吧。

他有一双沉静的眼睛，但是脸上布满五麻六道的汗迹，似乎有好多天没洗了。他的头发不长，但是杂乱无章，头发中夹杂许多白羊毛，显然，他在某一处牧场的帐篷里住过。

抽烟吗？他说。他从怀里找出三样东西：一瓶尼泊尔鼻烟，一块餐巾纸，一根空油笔芯。他将黑色火药似的鼻烟倒在餐巾纸上，把空油笔芯与鼻烟一道卷起来，然后点着，从油笔芯中吸了一口，转向我，有点夸张地做出很舒服的样子。接着他把烟卷递给我，看着我抽。我试了一口，清凉中带着极浓的香料味，很不习惯。我拿出一根自己的五牛牌香烟让他抽，他将香烟别到耳朵上，继续抽他的鼻烟。

他是牧区的一名代课教师，趁放假的机会去卖掉学生家长们给他的羊皮，弥补生活费用。然后，我们就一起上路了。他将那叠羊皮甩到背上，厚底的皮靴在路面上橐橐作响。他说，他佩服尊者米拉日巴，人家可以什么也不要，一个人在雪山的岩洞里修行。他突然看着我问：米拉日巴，你知道吗？

我说听说过，但记不得是什么时代的人了。他说：管什么时代干吗，反正他是我最佩服的。接着，他就饶有兴致地讲了一段有关米拉日巴的故事。

米拉日巴在后藏的一个山洞里修行的时候，饿了只是从洞门口拔一些荨麻煮了吃。他赤身裸体，一片衣服都没有，就像一个野人。有一伙盗贼在半夜里去他的洞穴偷东西，可是什么也没有找见，惹得一旁打坐的米拉日巴笑了起来。那些贼恼羞成怒，想要杀了他，米拉日巴也无所谓。他的讨饭的妹妹在山洞里找见了他，看见他的身体发绿，甚至他的"下体"都变成了一个绿色的东西，长着绿毛，走起路来晃荡荡。他的妹妹羞得蒙住眼睛，哭着说，哥，我要为你找一些毛布来，做成围腰，遮住下体。米拉日巴说，身体得之于父母，有何羞耻的道理。

最后，我的这位同路的朋友说："神为主，体为用"，知道这个道理的人不少，可是在这个世界上，只有米拉尊者是自由的。

我实在走不动了，就在隐约望见马尔康市区移动通讯铁塔的时候，让我的朋友先走，我在路边的土坎上坐下休息。望着他背着羊皮囊囊远去的背影，我的眼中突然涌出了泪水。我在笔记本上写下了这样的话——

> 把灵魂交给风
>
> 把肢体托付给自然
>
> 让自己总是在路上
>
> 把尘世的泥泞踏遍……

在若尔盖东北部一个偏僻的山坳里，有一个小小的牧村。我来到这里的时候，是一个天气晴朗的午后，秋天的阳光照耀着那些低矮的石墙木屋，显现出沉静和安详。

在村子路口，我打听可以允许我留宿的人家。有人说，应该去找队长道巴。我就找到了道巴家栅栏围着的木屋。

道巴的年龄和我差不多，曾参过军，身穿咖啡色藏袍，而将当年的绿军服作为衬衫。他的脸庞瘦削而黝黑，不善言谈，但看起来性情沉稳，是个说一不二的汉子。在他家门口，我做了简单的自我介绍，他犹豫了片刻，就说：好吧。

院子干净整洁，向阳处铺了一块塑料布，道巴的妻子正趴在上面缝一床新被子。他的妻子同样穿着厚重的藏袍，但干净漂亮，虽然牧区的劳累使她不再容光焕发，但可以想见她曾经是十分出色的。他们的儿女去了山后的夏季牧场，只有一个据他们说是亲戚家的小女孩，两岁左右吧，独自在院里玩耍。

主房是院子东边的一座老式木屋，木板覆顶，屋脊上有一个风转嘛呢轮，好像已经坏了，不再转动。院子西侧是三间一檐水瓦房，但有点低矮；北边是一道沙子崖，有台阶与上面一户人家相通。道巴对妻子说：当周措，让客人住西边瓦房吧。

我和道巴在主屋火炉边喝茶闲聊的当儿，当周措将缝好的被子抱到西房里，在铁簸箕里点燃一些柏树枝，在炕上和地下熏了一遍，然后在炕上放了一张矮桌。她过来问道：把炕烧上吧？我说，不必了，我不怕冷。道巴就说：把羊毛被拿过去吧，晚上冷的话就加在上面。

吃晚饭的时候，我准备泡自己背包中带碗的方便面，可是当周措坚决不让，她说到了他们家里，就应该一起吃饭。

她很快做好了面条，里面切了许多羊肉疙瘩，又泼了辣子，炝了咸菜，我感觉到这是出门以来吃得最香的一顿饭。当周措还一遍遍地对我说：我不会做饭，你不爱吃吧？

在我一碗还没有吃完的时候，当周措又不由分说将碗添满，一个劲劝我多吃一点。

道巴说明天要是不下雨，他们要去牧场割草，要我帮他们看家。

第二天早上6点刚过，我听到外面有响动，掀开窗帘，见当周措已在收拾家务。我急忙起床，可出门一看，四山都被浓雾遮住，很可能是一个雨天。于是又上炕拉开被子，想看一会书，结果又迷迷糊糊睡着了。

忽然被当周措叫醒，她端着一碗热腾腾的面条，笑着责备道：还睡着呢，脸也没洗，先吃饭吧。

我很不好意思，就急忙翻起身来吃了面条，然后帮他们收拾带到牧场去的东西。用帆布捆扎起铺盖，毛口袋里装上锅子、盆子、长柄镰刀、木耙之类的厨具、工具。有四五个男女牧民，一起将这些东西扛到路口的一辆三轮拖拉机上。不苟言笑的道巴甚至没有向我道一声别，就匆匆忙忙地走了。

我帮当周措把孩子绑到她的背上，她叮咛说：要喝茶就不要让炉子里的火灭了；想吃糌粑，新酥油和糌粑盒都给你放在火炉边，你自己会拌吧？

　　结果真是个雨天。一到午后，雨下得更大了，哗哗作响。当周措回来时，雨水将她和孩子都淋得湿透。道巴没有回来。我赶快将炉中的火添旺，让她和孩子烤干衣服。她揭了一把湿湿的头发说：草没有割成，一天就这样耽误了。我宽慰她说，明天可能是个晴天吧。她说：明天有个夏河来的阿拉合要在热河东坝讲经，我们要去磕头。我们一起吃过晚饭以后，她执意用羊粪烧上了我睡的炕。

　　第二天，当周措依然很早就起来了，我们吃了新酥油和新磨的糌粑，然后她换上一身新衬衫和新袍子，那衬衫是黄底上有浅绿色斑马纹的丝绸，使她的胸前更显丰满。她精神很好，笑着问道：好看吗？我的心里升起一股暖流，点了点头。她还将孩子也精心打扮了一番。接着就有几个同样穿戴漂亮的妇女来喊她，她们就一起说说笑笑地走了。

　　这是个大好的晴天。我沿着院子北部的沙子台阶上去，原来是道巴的父母家，虽然院子相连，却是另立门户的。老头子正盘腿坐在炕上，将数十盏铜灯和净水碗擦拭得明光闪亮，并在细细的怀麻秆上缠上干净的棉花，做成灯捻。他们知道我住在道巴家，而且把我当成了他们儿子的好朋友，热情地招呼我喝茶，吃酸奶。

　　夕阳中，当周措背着孩子回来了。她手中提着一只编织袋，装着几样新鲜蔬菜。她一进门，就疲倦地坐在屋前的石板台阶上，微微喘着气，但面色红润，额头上有些细微的汗粒，金色的夕阳照着她幸福的脸庞，愈加显得慈爱动人。她笑着说：你一个人急了吧？我说我去上面和老人们一起喝茶，不急。我一边把吮着棒棒糖的孩子从她背上解下来，一边问她今天的见闻。

我说：那么远，走着去了吗？她说：去时搭了班车，四块的车票，来时坐了拖拉机，2块。见到阿拉合了吗？见了。头磕了吗？磕了。摩顶了吗？摩了。

她在回答时露出很自豪很兴奋的表情，并反复说：人多得很；从来没见过那么多人。

休息一阵后，她心满意足地站起来说：道巴说你是个出门人，不容易，我买了些菜，今晚我给你香香地做一顿饭。我说，今天你累了，不用做了，我们都吃方便面吧。我又补充说，我明天就要走了，总不能把那些东西再背回去吧。她看了看我，没有说话，就默默地去生火炉，还为我烧了炕。

当晚，我给在牧场的道巴写了一封告辞信，我知道明天当周措又要去牧场割草的，让她带给她的丈夫。我在信封里夹了50块钱，并在信中说，钱不多，但是你要接受一个朋友诚挚的感谢。我还决定将剩余的半条五牛牌香烟一并带给道巴。

夜里，我久久不能入睡。我想着当周措朝佛回来时的样

子，这一天，无疑是她最幸福最满足的一天。我在笔记本上
写下了这样几句话——

> 兴衰和荣辱无损于大地
> 贫困和劳累遮不住美丽
> 仰首期盼的你看到了什么
> 太阳并非天空的唯一

穿越阿尼玛卿

跟一个名叫更登的藏族小伙子相识并一路同行，我穿越
了安多藏区最著名的神山阿尼玛卿。

当时我徒步行走在阿尼玛卿以北的草地上。那儿有一条
贯穿南北的公路，当车辆从身后疾驰而来的时候，我会随意
扬一扬手，并不指望它真的会停下来。我喜欢这样徒步行走，
因为我的脚步依然轻捷。背上的行囊也不重，里面除了地图、
笔记本和相机，再就是半斤杂牌白酒——随着脚步，那可爱
的液体在瓶子里有节奏地摇响着。

酒通常是我背包里的必备之物，它不但适于麻醉突然而
至的孤独，也能使自己在随便哪个简陋的旅馆里快速入眠。
由于对它的液态性质估计不足，也出现过一些小小的麻烦，

比如这次的果洛之行写了不少笔记，不料归途中酒瓶泄漏，待拿出湿漉漉的笔记本，上面的字迹都已淡然隐去了。

有些文字消失了，再也想不起来；有些文字虽然消失了，可是它曾经描述过的事情却是不易忘却的。

视野之内没有帐篷牛羊，牧草已经泛白，无阻无碍的秋风掠过透明的天际。那是真正的天高地远的感觉。我眯着眼睛眺望南方天际，阿尼玛卿山头的皑皑白雪闪耀着圣洁的银光。我准备翻越那座雪山，去果洛的大武。我之所以到那里去，很大程度上是由于那个有趣的地名的吸引：大武——"丢失马的地方"。对于大武，人们甚至有这样的说法：不论你丢失了什么，都可以从那里找到。

可是，我需要从那里找见什么？我自己并不知道，心中只是有一种隐隐的冲动而已。

一个牦牛般粗壮的人影，突然从公路一侧的草地上走了过来。他就是更登。当他把手中的破提包和大皮箱扔在路边沙堆上的时候，我也恰好走到他的跟前。

我去大武。我主动说。

他用下巴向南指了指，说：拉加寺。

我不知道拉加寺在什么地方，但可以肯定的是，他也要翻越阿尼玛卿。

你想一个人翻越雪山吗？他疑惑地问道。

我点了点头。

他笑了。然后轻描淡写地说：那不可能。接着他又补充一句：我们得堵一辆车。

不可能？是啊，也许真的不可能。望着积雪皑皑的山峰，我也觉得问题不那么简单。那不是一道山梁，而是一个山的群体。从牧人们的嘴里，我已听说过有关阿尼玛卿的故事，说阿尼玛卿山神有一个庞大的家族，有"亲族"360位，"侍卫"1500个；而且，阿尼玛卿山神性情乖戾喜怒无常，要风有风要雪有雪，可以在瞬间搅乱白昼和黑夜。

我和更登站在大路的中间，挡停了一辆试图直冲过去的翻斗车。接下来，我们就蜷坐于叮当乱响的车槽里，向阿尼玛卿进发。

从脸上看，更登的五官有点粗糙，眼窝深陷；头发很短，剃掉半月左右；身上的夹克很旧了，也比较油腻。牧区的年轻人大多没有主动与外人交流的习惯，除非他们有一伙喜欢恶作剧的同伴，在成心要捉弄一个外乡人的时候，才会说出一些非常风趣的话。我想更登不同于他们。他沉静的目光里偶尔透出某种灵性，在那一瞬，他的神情甚至是高贵的。只不过那超然之光很快会被持久的忧郁所湮没，仿佛头顶一块不大的蓝天，蓝得深邃，蓝得纯粹，但随着风起云涌，突然间又消失不见了——难道他的心底正回响着一首仓央嘉措的歌谣吗？那激情飞扬的旋律又因了某种限制，突然间戛然而止，将那热切的渴望化解为虚无，留下一丝若有若无的叹息，从他的瞳孔中泄露了出来。他是僧人？可为何没有穿上僧裙，裹上袈裟呢？我想，不管怎样，我和他之间会找到话题的。

我就试探地问：你是阿克吗？

不，他说。那样想过，但没有当。

那，去拉加寺做啥？

上学。以前上的是本地学校，高中没有毕业。人们说，高中毕业了也不会有工作的。现在上的是一所职业学校。

快毕业了吗？我问。

根据他的年龄判断，如果七岁上学，现在应该是念完各级学校并可以自食其力的时候了；要是跟牧区其他孩子一样十岁左右上学，至少也是大学里的高年级学生。

……还有一年，他说。

车速可能达到100码以上，但我们完全没有必要担心，就是失去控制冲下路基，到处都是平坦的草地。只是颠簸得厉害，我和更登就像炒锅里的两颗豆子。

不久，许多冰冷的白色山峰向我们逼来，才知已经进入阿尼玛卿群山之中了。从远处看到仅在山顶的积雪，渐渐已经漫及山腰了。在崎岖陡峭的山道上，翻斗车好像始终处于

蓝天下的阿尼玛卿

兴奋状态，除了上山时不得不慢下来，驰下一道道山梁的时候，就有一种从高处坠落的感觉，让人脊梁一阵阵发麻。更登从提包里抓出一把风马纸片，分给我一半。我明白他的意思，现在除了向阿尼玛卿山神祈求保佑之外，已经别无他法。

车行至一个名叫阿岽梁的险峻垭口时，更登让我跟他一起将风马纸抛了出去。

这儿经常翻车。他说。

后来又到了一个同样险要的名叫克穆达的垭口，我们再次抛撒了风马。

卡车发疯般冲下一道高坡，进了一个名叫河北乡的镇子，接着拐了一个90度的急弯，冲入一条小巷，刺耳的刹车声之后，戛然停在一座土房的大门口。

一个孩子和一个女人奔出门来。那司机就跳下车去，抱起孩子亲了一下，傍着那女人走了进去，并砰然关上了土屋的大门。

我和更登哑然对视一下。更登笑了笑，说：他到家了。

在我们收拾东西下车的时候，他又问道：你的家里，也有女人和孩子吗？

我说有。

他笑了笑，不再说什么。

　　我帮更登提着装有油炸饼和糌粑的破提包，来到镇子的街道上，打听有没有南去的便车。镇子不大，但有不少穆斯林饭馆和商铺，招牌上多是"临夏""积石山"等字样。

　　不多时，有一辆中巴客车从我们刚刚过来的高坡上俯冲下来。车头两侧的倒车镜上绑着经幡旗杆，使那客车如同长着犄角的钢铁怪兽；后边的窗玻璃缺了许多，用一块很大的白塑料布蒙着，塑料布被风鼓起来，使那车又仿佛是带着降落伞的飞行器，刚刚来自神秘的太空。

　　我们拦住了那辆模样怪异的中巴。更登竟然与车上的一些人认识，说他们是相邻牧场的。原来他的乡亲们包车去玛沁县转绕雪山，接下来的行程，将经过更登要去的拉加寺，也经过我要去的大武。

　　更登向车上的一位长者说明了情况，那长者又征求司机的意见。司机说，带人可以，但最多只能上一个人。

　　你们自己看看，还有插脚的地方吗？司机为难地解释道。的确，车上不但挤满了朝圣者，还有他们的行李铺盖、锅碗灶具，所有的空间都被塞满了。

　　我就对更登说：嗨，你的运气不错，跟他们一起走吧。

　　更登却说：你先走。

　　我不由分说把他的提包从车门塞进去，要推他上车。

　　他转过身，固执地命令道：你先走。

我不明白他为什么要这样。嫌拥挤吗？到了这个份儿上，还挑剔什么呢。

　　他可能看出我脸上的不快，就缓和了口气说：你去大武，我想你会有急事；我可以走着去，拉加寺已经不远了。

　　我不知该怎样向他解释我此行的目的。我去寻找什么？我曾经丢失过什么？或者说，我本来就缺少什么？在平平凡凡的生活中，除了维持生存的实用之物，我们从不思考自己还缺少什么，也不会察觉到缺少那些东西会给自己带来什么不便。

　　司机和车上的人们已经不耐烦，催促我俩快点做出决定。

　　更登把他的破提包从车上拉下来说：你们走吧，我们找别的车。

　　那辆堂吉诃德式的中巴车扬起一道沙土，转瞬就不见了。

　　没有找到别的车。好在距离拉加寺已经不是太远，我和更登就踏上了阿尼玛卿群山之间的沙砾便道。

　　我帮他提着提包，我俩吃掉里面的一些油炸饼之后，提包的重量有所减轻。这时，我试图努力向他说出我的想法：我去大武，是为了寻找曾经丢失的白马；可是，对一个不曾真正丢失过马匹的人来说，那白马所指代的无形之物究竟是什么呢？

那个面色沉静的年轻人开始认真地打量着我。我发现，他的眼睛里似乎闪现出某种奇异的光彩。然后他回过头去，平淡地说：我的师父常说，有的颜色我们是看不到的，有的声音我们是听不到的，有的气味我们是闻不到的。有形是暂时的，无形是永远的。比如……比如什么呢？比如——人的信仰，人的精神。

人的信仰，人的精神。他的话让我暗自吃惊。我知道在我将要到达的果洛，在那荒凉并且远远落伍于时代的草地上，信仰和精神所具体呈现的一些东西，正是在许多发达地方所缺失的，比如坚定，忍耐，信守诺言，以及宁为玉碎、不为瓦全的男子汉性格。那就是人的尊严。在许多地方，维护人的尊严似乎从来是一种奢侈，但在阿尼玛卿山下的牧场村寨，却是再平常不过的事。

我不得不承认，这也许就是我要寻找的白马。

我也知道，这是我们大多数人久违了的心中的白马。我和我的朋友更登，行走在青藏高原形而上的天幕之下，呼吸着虽然氧气稀薄但是没有被物质至上的观念所污染的清新空气。置身于这千山之巅、万水之源，我恍然觉得，那匹白马的身影如同一道闪电，掠过了我们头顶的天空。

后来在果洛逗留的日子里，我看到牧人们从四面八方风尘仆仆赶往玛沁县西北，那里有海拔6000多米的玛沁冈日雪山。他们带着简陋的行装，风餐露宿，花上七八天时间，才能绕玛卿冈日雪峰一圈。这在视时间是金钱、效率是生命的人们看来，简直是不可思议的。每当我看到一些神情平和的老人，缓缓摇着手中的嘛呢经轮，沉静深邃的目光眺望着天际，任飒飒寒风吹动两鬓的白发，我就会被无端地感动，也会突然意识到，作为自然之子，我们应该有所敬畏，有所寄托，应该在信念之缆绳的牵引下，努力去接近天地间的本真，让自己的心中时时充满感恩，因而享有自足的平静和幸福。

翻过一个高高的山口，就看见了谷底蜿蜒西去的黄河。黄河在这儿是不应该叫黄河的，因为它的河水幽深碧绿，如同液态状的翡翠。

太阳快要落下去的时候，我们终于来到山下位于黄河边上的拉加寺前。周围褐红色的丹霞地貌增加了寺院的庄重和神秘，同时由于海拔较低，绿荫依然遮掩着经堂和僧舍，透出温暖和宁静的气息。

更登建议我跟他住上一夜，明天再送我到黄河对岸的君贡乡，那儿可以找到去大武的便车。

我谢绝了他，我说我应该尽快赶路。

更登也不再坚持，就从皮箱里取出一幅5寸见方的织锦佛像，上面绣的是释迦佛祖右手触地、战胜世俗魔障时的威仪。

阿尼玛卿山下古老的经桶

他双手将那佛像递给我，说：留个纪念吧，我们不知道的，佛会知道。

我本来就收藏着许多那样的佛像，但我还是赶快接了过来，并高高举过了额头。是的，我们不知道的，佛会知道。值得用金碧辉煌来形容的，不是华丽的庙宇和佛殿，而是觉悟——相对于庄严肃穆的建筑和冗长繁复的仪式而言，佛陀的教义更应该被还原为一种人生哲学。

更登将他的破提包和皮箱随意扔在路边，送我过了黄河大桥，并在君贡乡的街头帮我找到了一辆去大武的便车。他说：再翻过两个山口就到大武了，你肯定会找到希望中的东西。

是的，还没有到达大武，我已经有所收获了。

三重门里的牧场

在去大武途中，我忽然忆起多年前在则岔村牧场的经历。时间过去那么久，一切还是那样清晰。

则岔村夏季牧场在石林之后。

由于水流湍急，人们借助栈道或者骑马，只能通过石林的第一道石门。那是一道数百米长、七八米宽的天然石峡，举头只见一线天光，说是英雄格萨尔一剑劈开的。由于没有人工设施，第二道、第三道石门只是当地牧民骑马往来的通道，很少有外人能够涉足。

而夏季牧场就在三道石门之内。

多年前，为拍摄一部电视专题片，我曾陪省里摄制组抵达过那个隐秘的牧场。所谓摄制组，只是搞文字的老岳带了一个摄像师，另有老岳的中学生女儿小岳，暑假里跟老爸来看草原。专题片的主人公是则岔村牧民桑吉，他也是我们那次牧场之行的向导。

桑吉看上去是个沉静的藏族汉子，可在联欢的篝火晚会上，我看见他大幅度甩着袍袖跳舞，一首原生态的藏语《敬酒歌》，更是让城里来的姑娘们发疯般尖叫。他的汉语不怎么好，多是一些语法不通的短语，如"饭吃下"，"马骑下"，或"车坐下"。

则岔石林被开发为旅游景点后，桑吉办了一家藏家乐，人气很旺。拍过桑吉的藏家乐，需要去他家的夏季牧场采些镜头，于是我们挤在越野车里，绕了个上百公里的大圈儿。那儿的牧场和其他草原也许没什么两样，但若不是身临其境，就不会察觉它的特别之处，也无法知道在那儿会发生什么故事。

经过水天一色、白天鹅和斑头雁游弋的尕海湖，又经过一片并无湖泊，却被称之为波海的草原谷地。老岳的女儿小岳禁不住好奇:"高原上咋有这么多'海'的地名呀?"老岳随口答道:"这里原本就是喜马拉雅古海嘛。青藏高原升起的时候,不愿离开的海子就留了下来。"

为了对付草原上的鼠患,牧人们在草地上这儿那儿都竖起了鹰架。草地上最常见的短尾鼠谓之高原鼠兔,体型大,食草量也大,而且繁殖能力极强,牧人们没时间、也不想亲手杀死它们,那么就交给它们的天敌——鹰。骄傲的鹰是不落平地的,怎么办?牧人们就为那些捕鼠能手搭建了鹰架,方便它们落脚巡视。鹰架上往往还托着柳筐,供它们安家落户产卵孵雏。谁说牧人不懂辩证法?谁说牧人大大咧咧不在乎细节?深入草地,你就会对他们的聪明才智心生敬意。

终于绕到了石林之后。一座高耸的山峰与石林拉开了距离,如同缩小了的富士山。桑吉说那是东日山,山下便是他家的夏季牧场。

在藏语里,东日是海螺状的山。时值盛夏,那白色山峰仿佛依旧覆盖着积雪,风化的碎石一直漫及山腰。或许,它有点像传说中位于世界中央的须弥山。则岔村牧民的帐篷星罗棋布,分散在山下辽阔的草地上。四处都是水洼和小溪,在阳光下闪烁明灭,不断汇集,成为蜿蜒的河流。想必那就是流经三道石门的则岔河的源头。

在帐篷前的矮桌边,桑吉的漂亮女人为大家铺上羊毛垫子，倒上奶茶，将几个盛满酥油、青稞炒面和干奶渣的木盒放在桌上。然后她手搭在帐篷撑杆的毛绳上，望着大家笑而不语。由于牧场的劳累，她缠着袍袖的腰肢不由自主沉落下去，宽松的衬衫使她的胸脯更显丰满。

她的两个女儿也不会汉语。姐姐十二三的样子，妹妹至多七岁，两人扯着妈妈的袍襟，不停地偷看穿戴时尚的小岳。小岳便过去和她们说话。姐妹俩羞涩地低了头，问什么也不回答。小岳便掏出零食塞在她俩手里，并取下头上的两个小发卡别在姐妹俩头上，拢住那自由飞散的头发。

趁女儿不在跟前，老岳低声与桑吉开玩笑："这么漂亮的妻子留在牧场，你就放心啊？"桑吉亮出他雪白的牙齿，哈哈大笑起来。然后，他用嘴指着石林的方向大声说："漂亮的，那边一群一群！"说笑之间，那姐妹俩不知什么时候悄悄离开了。她们的母亲仍然笑而不语，只是偶尔张望一下东日山的方向。

山根草地上有许多白色斑点，原以为那是羊群，但很长时间一动不动。原来是山顶滚落下来的石头，被雨水冲洗得那么洁白了。

白云低低浮动着，投下墨绿色的影子，如同温柔的手掌抚过花草、河流、牛羊和帐篷。那影子也会突然罩住我们，随即又飘然远去。比较厚重的云朵则垂下雨丝的灰色帘幕，

麦溪草原的人工鹰架
和供鹰孵卵的柳筐

斜斜推移着，仿佛空中悬着一把看不见的洒壶，一路随意地喷洒而来。草尖上一时挂满了珍珠般的露水，雨雾中映现着阳光的七彩。

赶在我们离开之前，那对小姐妹突然出现了。她俩脸蛋红红的，汗水贴住了额前的头发。美丽，纯净，自然，无异于自天而降的小仙女。她俩各自捏着一只手，径直走到她们的新朋友小岳面前。当她俩伸开手掌的时候，小岳兴奋得惊叫起来，将姐妹俩揽入怀中——她俩带来的礼物，竟是一些小小的海贝化石！那些呈螺纹状或者带褶皱的扇形小石子，已被她们的手心摩挲得油黑发亮。

她俩是去了东日山，从岩缝里捡来了那些珍贵的礼物。大家深受感动，闭上了开玩笑的嘴，一时静静地注视着她们。语言暂且无法沟通，而那些小石头表达的情意，也是难以用语言表达的。

小岳得到了多数，我们每人也分得一颗。我将那小小的化石放在耳边，恍若听到了古老大海的涛声。

那是人类和地球上所有生命都听得懂的语言。

大武已经不远。那匹白马在不远处无声地奔跑着，与我若即若离。

第二章

源头之水

那些终年积雪的山峰，如皓首老人静立于天际，为我们讲述大海退去、江河生成的故事。在碌曲则岔，我将岩缝里掉落出来的海贝化石捏在掌心；在尕海湖畔，我又把一块棱角分明的石头揣入怀中，只为里面嵌着一枚小小的白海螺。

三河一江在这里激荡飞泻，无数涧水溪流汇入长江、黄河。在安享福泽的内地人尚不清楚天上之水来自何处的时候，牧人们早已在泉边岩石上刻写了祈祷的经文，在溪流经过的树丛上挂满了护佑的经幡。那些雄伟、肃穆的山峰，那大地隆起的饱胀的乳房，用永不枯竭的生命源泉滋育着草原上的花草，也灌溉了中华文明的多姿多彩和波澜壮阔。

为保护"大地之肾"，在玛曲，在果洛，在阿坝，在大江大河的所有支流区域，我看到那些淳朴的牧人，正在协助政府实施生态保护工程，使渐已退化、沙化的草原修复如初——如初的繁茂，如初的丰腴，如初的安宁。

经幡招展，桑烟弥漫。因了牧人的谦卑和敬畏，黄河、长江在这里清澈如故，千秋万代浩荡不息。此时此刻，我明白了牧人们的虔敬是何等朴素，又何等意义深远。

源头的水依然清澈

假若一条河愿意回首，它将看到自己的源头，并为曾经的孱弱难为情。实际上河流是不会回首的。只有人可以找到它的源头，并向那孩童般纯净快乐的溪流低头致敬。

郎木寺是一条江的发源地。最初，溪水从镇子西北和西南的峡谷间潺潺流出，汇聚成一条清亮的小河，唱着歌儿蹦蹦跳跳穿过镇子。那条小河迅速壮大，一跃成为惊涛拍岸的白龙江，在甘肃南部的高山深壑间左冲右突向东穿行。在陕甘交界处它突然掉头向南，一路腾云驾雾飞泻而下，在四川广元与嘉陵江汇合，接着又穿越四川盆地，于重庆投入长江的怀抱。3000多米的巨大落差，如何让一条激情澎湃的大江回首自顾？

作为万物之灵的人，却会懂得饮水思源。在郎木寺临河一家旅馆，我看到一位四川老诗人的题诗："白龙江注嘉陵江，远济渝城情倍长；饮水思源源不断，云山千里意难忘。"

那张落款题名梁上泉的四尺宣未经装裱，就那样随意贴在墙上钟表的上方，看得出来，旅馆主人并不在意那是一幅值得收藏的名人书法。据说当年梁上泉去北京开全国人代会，会后坐火车离京，软卧包间一位解放军首长问他是干什么工作的，他回答搞写作。其时车上正播放一首歌曲《小白杨》，他就随口说道：这支歌也是我写的。首长听了立即系上军装扣子，戴好军帽，在他面前立正站好，啪地敬了一个军礼，说："谢谢你为我们军人写了一支好歌！"我没写过旧体诗，不清楚老诗人题写的那首七言诗是否合乎格律，但可以肯定他是个真性情的人。他不辞辛苦沿着嘉陵江、白龙江一路行来，终于找到了隐藏在深山峡谷间的源头。他不是探险家和寻宝者，千里迢迢跋涉而来，为的只是表达对一条江的感恩。

长江和黄河发源于更为遥远的巍巍群山之间。它们孕育了悠久的中华文明，也惠及了中国大部分土地和人口。而我要说的是：作为生命之水的受益者，如此的回顾是多么必要。

今天我们注意到一条河流的存在，也许明天，我们会对空气和阳光投去深情的一瞥。

郎木寺是个岩壁与针叶林环绕的小镇。石头和木头垒砌的房屋坚实而古朴，由于向阳，即便在冬季也不会觉得过于寒冷。甘青川三省接壤处苍莽的群山拱卫着它，外围则是一望无际的草地，因而对偶尔踏入此地的内地游客来说，有着遥不可及的距离感。

郎木寺是个以仙女命名的镇子，它曾经的地名是达仓郎木。那藏语名字的原意是"虎穴里的仙女"——达仓乃虎穴，郎木即仙女。相传那里最初是一片野兽出没的幽深森林，峡谷虎穴里一只猛虎常常伤害人畜，不但当地无人居住，绕行的商客也屡遭劫难。有一日清晨，随着自然而鸣的海螺声呜呜响起，一位霓裳羽衣的仙女自天而降，降服了称霸一方的猛虎。仙女驯服猛虎作为自己的坐骑，常常骑着它巡游山林，警告其他猛兽不得为害地方。

与此传说相对应的是，镇子西边峡谷的一个巨大洞穴里，如今还供奉着那位仙女的天然塑像。其实那不过是一尊被白色哈达层层包裹起来的人形钟乳石，但人们总是摸黑进入洞中点燃柏香，供上一盏盏酥油灯，双手加额默默祝祷。据说镇上的寺院里保存着那只预示仙女降临的神奇海螺，寺院因此而声名远播，镇子的名字也就渐渐称为郎木寺了。

峡谷深处的溪水边，常有四脚小鲵伏卧于岩石，气定神闲犹如小小的恐龙。到了冬季，顺着溪流总是蒸腾着一道雾气，灌木枝条上挂满了洁白的雾凇。伸手试试水是温的，摸一块水底的石头出来也是热的，仿佛即将孵化的恐龙蛋。

郎木寺处于甘青川三省边缘，那里没有令人压抑沉闷的文化积淀，也没有供人凭吊的陵墓废墟，它依然沉浸在浪漫而温馨的神话和传说里。自然而鸣的海螺，降服猛虎的仙女，开启了万山丛中一方祥和之地。也许有人会说，只有孩子们才喜欢那样的神话传说。是的，郎木寺人是不介意说他们单纯得就像孩子的。有次我与一位牧马的老人斜倚在草地上闲聊，一只拇指大的黑色甲虫直奔他的领口而去。我急忙提醒他，他却笑着说由它去吧，它只是好奇而已。那虫子钻进他的袍子，在他的胸口和胳肢窝细细巡视，他始终没有去抓它，只是忍不住笑着，像孩子一样憨态可掬。

后来镇子上有了两座藏传佛教寺院，分属甘肃和四川两省。由于经商的回族人陆续增多，两座寺院之间也出现了一座清真寺，尖顶上的星月在太阳下闪光，跟佛殿的金顶交相辉映。

喧闹声总在遥远的草地之外，时尚的涟漪也因崇山峻岭的阻隔，在抵达郎木寺之前就消减殆尽。郎木寺的天空依然一碧如洗，实际上并非一无所有。它被传说的油彩涂抹得斑斓绚丽，足以让人领悟到"空无妙有"的含义。

在外人眼里，郎木寺是一方净土。

表皮干燥脱落的柏树高大而宁静，在河边草地上投下它们墨绿色的影子。河谷及山坡上都是居民的榻板房，屋顶不覆瓦片，只用石头压着一层层劈木板，看上去如雪鸡的羽毛一样自然美丽。屋梁与檐板之间甚至不用榫卯，而是用原木的天然根杈作为搭钩。久经日晒雨淋，屋顶铺设的木板与青白的石头融为一色，看上去柔和而温暖。室内生火时屋顶板缝间便有炊烟冒出，牛乳一样四处弥漫开去，空气里总是飘散着柏枝的清香。一些朽坏的栅栏几乎被茂盛的高原橐吾和唐古特莨菪湮没，街道两旁的波斯菊也开得热烈，似乎永不凋谢。镇子对面山头横亘着暗红色的丹霞裸岩，如同燃烧着的巨大煤块，即使第一场雪染白山峰，目光所及也会给人灼热感。

据说20世纪40年代，有位名叫詹姆斯的美国传教士辗转来到此地。他醉心于郎木寺奇异的传说和风光，很快就忘记了自己的职责。他穿上羊皮袄，戴上狐皮帽，每天跟当地人一起喝酒跳舞，或者跟他们一道去骑马狩猎。十多年后离开时他已写成了一本英文著作，带回美国出版发行。也正是他的那本名为 *Tibet Life* 的书首次告诉西方人，中国西部群山之中还隐藏着这样一处圣境，被誉为"东方的小瑞士"。

在如今的郎木寺，见到最多的仍是西方背包客的陌生面孔。他们端着相机穿行于寺院与板屋之间，旁若无人地在活页本子上写写画画，偶尔俯下身去逗惹那些鼻涕流过嘴唇、目光纯净如水的当地孩子。而来自内地城市的年轻人，那些身体单薄却自命不凡的诗人或画家，总会孤独地坐在旅馆的窗口，一边呷着劣质咖啡一边不停地抽烟。他们额前长发遮住了一只眼睛，却不妨碍用另一只忧郁的眼睛发现令他们惊讶的东西。

街边木桩上拴着的马匹，嘴上套着毛线编织的饲料袋，咯嘣咯嘣嚼着豌豆。泉水在街头水槽里哗哗流淌，远道而来者卸下满是风尘的行囊，弯下腰双手接住水柱，清亮的水花在手心里飞溅开来。幽暗的车马店里隔夜的火塘总是余温尚存，镇子外的草地上也可看见行脚者们打尖烧茶的黑石头。

镇子上的藏人以畜牧为业，牧场却在很远的山后，因而他们除了镇子上有个固定的家，还有几顶随季节不断游走于原野的黑牛毛帐篷。汉人和回族人多是20世纪上半叶为躲避战乱或经营畜产品生意而来，如今也跟当地居民无异了。镇子主街两旁有许多店铺，以藏、汉、英三种文字书写着招牌，门楣上往往挂着巨大的牦牛头骨。店铺里除了堆积着酥油、糌粑和青稞，还可以看到尼泊尔铜佛、印度檀香、中国的景泰蓝花瓶，以及红铜茶壶、折把漏勺、圆木雕成的酥油盒、毛褐子褡裢和碗套。

所谓净土不过是相对而言。当许多地方遭受污染的时候，能够幸免的土地便是净土。因此，机警的鸟儿便会飞往深山，

郎木寺镇外马帮留下的三角灶石

感知冷暖的鱼儿总会游向源头。郎木寺是个阳光充裕、山头上白云缭绕的镇子，镇子里也算不得干净整洁，石头垒砌的墙壁上甚至密密麻麻贴着牛粪饼。但空气和水都是纯净的，就像郎木寺的居民一样淳朴厚道，值得信赖。

郎木寺似乎被时光遗忘，但我想说的是，盲目而焦虑的脚步最好不要打扰到它。值得珍藏的东西应该小心存放在时光宝盒里，一旦打开盒子，它也就瞬间消失不见了。

每次去郎木寺，我都喜欢住在榻板房改造的简陋客栈里，听房东复述达仓郎木的故事。黄昏降临，镇子趋于安静，峡谷间的松涛声渐次高扬，激越的河流声也成为它的伴奏。那壮阔雄浑的天籁，仿佛迎接吉祥仙女踩着天界金阗再次莅临的乐章。在那样的氛围里，再离奇的故事也显得平常自然，如同屋后生生不息的马缨子和荨麻。他们会说，看见西边峡口石壁上那个巨大的掌印了吗？那儿原是海眼，连接着东海呢。有一年突然大水喷出，淹没了房屋牛羊，恰好来了一位圣者上前猛击一掌，就将那海眼封住了。于是晚上躺在板屋的地板上，总觉置身于一叶轻飘的舢板，在波涛汹涌的大海上一夜颠簸。

板屋里的光线是迷人的。阳光穿过屋顶的缝隙斜射下来，看得见微尘的颗粒在纯净的空气里闪闪发亮。女主人在火塘里生起火，那些边缘齐整的光带里便有浓稠的乳色流动；熬着松潘茶的铜壶热气蒸腾的时候，光带里又闪烁着绚丽的彩虹。有次我在街头遇见一伙装备精良的摄影师，他们将长长短短的镜头对准寺院的金顶疯狂地按着快门，我建议道：带上你们的三脚架去板屋拍摄吧，那里有世界上最纯净最奇妙的光线。他们只是耸耸肩，继续在正午的强光下追逐那些身裹袈裟的僧人。

郎木寺人敬重神灵却不会受制于神灵，他们懂得神性就在自身而不假外求。据说，居住在板屋里的老居民可以将衣服搭在光线上，如同搭在一根斜拉的毛绳上，而且具备如此能力的人其本身也是发光的。按他们的说法，最初人人都是罩着一轮光环的，后来误食了一种名叫麻麦的谷物，渐渐变得气浊体重，与神灵拉开了距离。这种说法似与进化论相悖，但不可否认的是，当外在的东西变得庄严神圣乃至金碧辉煌的时候，人自身的光便会黯然熄灭。

西部诗人昌耀曾经写道："他在这里脱去垢辱的黑衣，留在埠头让时光漂洗。"这句话似乎也为我而写。有次我坐在板屋里时意外发现了另一个自己。当我偶尔回首之际，无意间看到了自己的身影，那是一个脸上没有皱纹也未生出胡须，面目生动犹具活力的自我。也许那只是一个幻觉，但无疑是件令人欣喜的事。虽然我的生活平淡无奇甚至多有不堪，但我仍保留着另一个自己，他未曾被现实的尘埃完全遮蔽。由此我将变得自信而踏实，将一度虚言应酬的事务抛置脑后，甚至不惜对那个由物质主宰的世界"决然背过脸去"。

素练垂空

无论地底冒出的一汪清泉，还是自天而降的飞流瀑布，在藏人眼里都是圣水，是需要感恩和膜拜的。

当羌曼曲在黄河南岸的欧拉秀玛。曼曲乃药水泉之意，当地人声称，喝一碗曼曲水，不但解渴，还能治愈人的肠胃疾病。我跟玛曲的朋友们去欧拉秀玛途中，来到了当羌曼曲泉边。

南面不远处雪山银光耀眼，身边草地绿茵如毯。时值中午，夏日当空，口渴难耐。县志办主任陈拓是玛曲的万事通，虎背熊腰的汉子面赤如关公，讲起地方历史地理却滔滔不绝如数家珍。在他的带领下，我们弃车步行，走到一条杂树茂密的沟底，乱石丛中"咝咝"作响、冒出怪味泉水者，便是曼曲。据说牛羊也偏爱药泉，泉边厚可盈尺的一层牛粪便是佐证。此时有几个藏族妇女正拿着小龙碗在泉边取水。我们舀满一茶壶泉水，找一处平坦地势坐定，细细品味大地赐予的药泉之水。"臭鸡蛋!"大家一致为药泉味道下了结论。入口有重感,下肚不冰,饮久舌尖发麻。然后大家以水当酒猜拳行令,当陈拓喝到18杯时,摸着肚子宣布"喝不下了"。此时有一来自夏河吉利寺的青年僧人仁尕玛更登,一气喝下25碗,我羡慕其海量,让其捧碗拍照留念。我盛满一茶杯泉水,旋紧杯盖,准备带到县上送给"瘦的诗人"瘦水,他瘦的原因就是肠胃不好。但没等回到县上,第二天在欧拉乡就被抢着喝光了。

由于此水具有开胃功能,从沟底回到草地后,大家感到饥肠辘辘,于是支锅做饭。首曲草原地广人稀,下乡难免有上顿没下顿,富有经验的陈拓在出发前早已买了蔬菜、牛肉并带了炊具。大家七手八脚,捡干牛粪,生火,切菜,揉面,一会儿,一大锅牛肉面片香气扑鼻欲溢锅外。因为忘了带碗,大家用锅盖、刷牙缸子等找得到的器具盛饭,顾不得仪态不雅,只管狼吞虎咽,吃得满头大汗。直到将锅刮得吱呀作响,大家仍不见饱,面面相觑,仰天大笑,对泉水的开胃功能深信不疑。

再向曼曲方向望去,又有一群牛正奔向泉边。

接受天上之水的沐浴,是在巴藏深山的曲纱瀑布下。

曲纱瀑布在白龙江北岸,由于当地山民每年端午节举行朝水活动，我受邀前往，端午节头一天抵达巴藏。

最初从巴藏山村看到的，是夕阳下一座云遮雾罩的山峰。那是一座令人震撼的山：突兀，雄奇，又因树木的丰茂显得雍容华贵。下了车，抬起头来，第一眼瞥见它，给人的是怎样的震惊！它不是在地上，而是在头顶；它不是在尘世里，而是在恍若隔世的梦中。

或许它是一幅画，悬挂于白龙江北岸幽深的苍穹里。

洁白的云朵簇拥着山峰，在嶙峋山体上流连往复缠绵悱恻，继而又被上升的气流徐徐托起，在主峰之后撕扯成絮状的旗子。那男性的山，那将伟岸与岿然集于一身的山，当地人是怎么称呼的？一遍遍询问，才知道它的名字叫阿让山。

曲纱瀑布深藏于阿让山之腹。

有此山才有此水。由于险远幽深，曲纱瀑布至今未曾受到外界的惊扰，亦不知污染和喧嚣为何物。

端午那天清晨，我在阿让山下一户人家的庭院洗漱完毕，其时主人家的女儿自浓雾中匆匆赶回，左手擎一束山花柳枝，右手提一壶清清泉水，挡在我的面前：别嫌麻烦，今儿你需要重洗一遍。她说她取来的是从山沟流出的曲纱神水，仙女于凌晨刚刚加了百草之药。

浓雾中翩翩走来的女子将花束插于门楣，然后用壶中清水为我"灌顶"。我疑心她就是司药的仙女。那披肩秀发，那清风拂动的白衣，那透亮明快的欢声笑语，似乎连接着古老村寨口耳相传的往事，而她无声的话语渗入我的肺腑：

心有灵犀，风传妙音；心作瑶池，遍地青莲。

太阳升起，露水始干，我就跟着村里的男女老少上山，一路歌声笑语。大家爬羊肠，攀鸟道，曲径通幽，渐近山腹。未见曲纱，已闻天籁：沙沙如羽衣轻舒，簌簌似霓裳飘舞；淙淙如碎玉抛洒，潇潇若珍珠飞泻。空谷松涛相伴，枝头百鸟和鸣。未睹其形，已疑天女提篮散花，五彩斑斓；未闻其味，竟似风过千里荷塘，暗香浮动。

"我疑天仙织素练，素练脱轴垂青天。"丝绸国度，前人的想象偏与彩练有关。可见过曲纱，才知道那是水的真容，水的妙曼舞姿，水的欢歌笑语。

它自云端倾泻而下，霓虹闪耀，字字珠玑，是自然王国的风雅颂。是谁的妙指弹奏出如此妙音？此曲只应天上有，人间哪得几回闻！

男人们在瀑布下方的一个石嘴上煨起滚滚桑烟，抛洒着漫天飞舞的风马纸片，妇人和姑娘们已在飞泻的瀑布下列队穿行。她们一边接受天上之水的沐浴，一边合唱着天籁般的歌谣。

大峪沟的河流和板桥

　　曲纱乃仙女所赐药水。仙女感知人间疫病流行，闻声救苦，采得百草调制为药，投放于瀑布之中。从此沐浴者百病不生，且使男人骨骼强健，女人容颜姣好，柔情似水。人们都带着茶壶等盛水容器，捎回家中让不能亲临者分享。

　　我曾朝拜过纳木错，那是藏人心目中的仙女湖。她平静，幽深，映照出所有幸福与不幸之人的面庞，离开的时候人已心净如洗，心平如水。在青藏高原上，无论是奔腾的江河，还是宁静的湖泊，哪怕只是一眼汨汨山泉，在一年中的某些特定时日，平常之水都会变成神水，不仅能清洁肌体，也会涤荡心底的污秽与邪恶。

　　而曲纱藏于深山幽谷，乃自天而降的甘露。是银河满溢，还是天泉渗漏？上善若水，滋育万物，无论高低，不分贵贱，接受了水的沐浴洗礼，一切都化于无形，归于本真。

　　山为神山，水为圣水，其地便可谓之圣境了。

　　阳光，空气，水。

　　某一年严冬，我一人在积雪没膝的山脊踽踽独行。我望着渐升渐高的太阳，黄黄的，似一张喂养过我的杂面饼子。突然间我双膝跪倒在雪地上，朝向太阳，低垂下我骄傲的头颅。此刻我察觉人是一种何其卑微的生物，须臾不可离开阳光。没有它就没有植物，没有水里的单细胞生物，没有恐龙与大鹏，没有人猿分离，没有直立行走，没有我们，没有我。一种感恩来得如此突然，如此不由自主。

可是谁感激过空气与水，对之跪拜祈祷？有人说，鱼儿从来无所谓海的存在，但如果将它丢弃在沙滩，才会真切感受到大海即在身边。也只有将它重新放归海里，它才懂得相依为命的道理，从此会充满对水的感恩。

坐温泉

摩托吼叫着爬上一道斜坡，在台地上的铁栅门前停住。到了，摩托师傅扭头说。

门边土墙上钉着块木牌：扎仓温泉。

温泉喷发的呼啸声此起彼伏，仿佛整个山谷在呼吸。四周的荒凉程度却令人惊讶：没有树，没有花，时值盛夏，几乎不见绿色。

难道摩托超过光速，载着我返回了创世之初？

一个紫红脸蛋姑娘跑来，绿缎面的藏袍闪着阳光。她打开一间房门说，看看，还要什么，我去拿。

条纹布被褥像是监狱里的，还算干净。一只茶几，两把藤椅。其中一把藤椅座位上有片土黄色黏稠物，像是泥巴被踩了一下，可能还滑倒了人。我看看那姑娘，她过来抹了一把，将手掌伸给我：涂料，干的，原先就有。

内间一分为二，一面是厨房，无须细看；另一面是温泉浴室，除了一个巨大的长方形白瓷浴缸，别无他物。

很好，我说。

浴缸上方是两个锈得粗壮的龙头，带着阀门。姑娘说左面热水，右面冷水，并示范着拧开了。水压很大，刺鼻的硫黄味随之喷出。但她要关上时热水阀门拧不紧，滑丝了。她跑出去大叫几声，是当地藏语。半晌，一个黑瘦男人去屋后关了总阀，然后拿了新龙头和扳手进来。

哪儿打开水？我问那人。

不用打。他喀拉喀拉拆卸着，头也不回。

我喝茶，没开水哪行。我就看着他。

他说，这水92度，泡茶正好。也能泡饭，吃了饿得快，费粮食。

泡澡、喝茶、吃饭全凭一股水？一时难以接受，就问哪儿有冷水，比如山泉之类？我想找个电热壶，自己烧。

他说没冷水。

另一个龙头不是淌着冷水吗？

那也是热水，在上面大水箱里晾冷了。

好啦，那人临走说，有事叫道嘎。

道嘎是谁？他说是他女儿，脸蛋红红的那个。

旅馆是平顶水泥房，檐下是玻璃暖廊。其他房间住着些跟我一样穿汉服的人，有个老头坐在轮椅上滑来滑去。还有几个裹着绛红袈裟的僧人，在暖廊一角点煤油炉做饭，一个目光沉静的僧人在削土豆，土豆很小，削完后所剩不多。

调好温泉水，赤条条沉进浴缸。碧水满溢，肌肤滑腻。臂膀上毛孔瞬即张开，清晰可数。一会儿毛孔里冒出水珠来，汪汪地排列着，擦去又冒出，水珠弥合，滴沥下去。

闭上眼睛，外面山谷里热气喷发声持续不断，仿佛又到了蒸汽机时代的边陲火车站。

青藏牧人好坐温泉，扎仓温泉闻名已久。可是躺在浴缸里，算得上"坐温泉"吗？难以确定。我的毛病也许是吃出来的，腿肚子出了红疹，吃药打针没用，忌口一段时间，突然就不见了。而今一吃海鲜就复发，严重时结鳞掉屑，由小腿向上蔓延。

当然，另一个顽症不定期复发，而且难以治愈。那就是外出走走的冲动。走在异乡的路上，看陌生面孔，体验淳朴生活，是我唯一的癖好。

温泉泡茶，加两次水就淡白无味了。而且越喝越渴，总

扎仓温泉山头的经幡

是一口饮干一杯，难以自制。估计用不了半小时，全身体液将彻底更新。

最好能脱胎换骨，我想。

嶙峋突兀的山势逼人眼目。其实那不是山，而是大地的断层。山体下部几近垂直的砂岩里，错落排列着牦牛样的焦黑巨石，有的倒悬着，几欲坠落。上层是山的主体，赭红砂岩被流水切割成奇峰和峡谷，像是魔幻世界的尖顶城堡。最上层由黄土堆积而成，看上去板结死寂，寸草不生。

记得《淮南子》里说，共工、颛顼两位大神发生战事，共工失利而怒触不周山，山体拦腰折断，于是"天柱折，地维绝。天倾西北"。所谓不周山者，便是华夏西部的莽莽昆仑。地质学家却告诉我们另外的情形：受大地板块挤压，青藏高原隆起了。6500多万年前恐龙灭绝，地质活动进入第三纪，喜马拉雅古海迅即退走，世界第三极轰隆隆崛起，大地深处的砂岩翻腾出来。

顺着地壳裂隙，扎仓温泉喷涌而出，带着地底岩浆的温度。

以喷云吐雾的乱石河滩为界，西侧是我居住的温泉旅馆，眺望东边，那里似乎是个不大的村子，炊烟袅袅，石墙土屋上竖立着褪色的经幡。

　　道嘎给我一团刚捏好的糌粑，说阿爸让她送来的。她阿爸说没见我生火做饭，要是愿意，就过去跟他们搭伙。

　　咬一口带着掌纹的热糌粑，很油，沙沙地咽不下去。我知道那是青稞炒面加新酥油捏成的，很养人。

　　我道谢说，我带了方便面和饼干，尚有存货。接着问她，温泉在哪？

　　不是在你房间里吗？她奇怪地看着我。

　　我是说……那些来坐温泉的牧人，他们坐在哪儿？

　　她笑笑，说满河滩都是温泉。

　　难怪雾气中人影幢幢，也掩映着不少帐篷。

　　道嘎说，河滩里坐温泉，不收钱的。

　　钱倒不是问题。这里房费20元，水费10元，加起来每天也就30块钱。我是来坐温泉的，怎么就住在旅馆里了呢？问题应该出在那个摩托师傅身上，是他直接送我过来的。想想心里发笑，一路颇费周折来坐温泉，却是一个人躺在浴缸里。

　　没有电视，没有手机信号。在家时一直想拔掉网线、关掉电视，总难付诸实施。是不是该庆祝一下？哪天去东边看看，能否买到一瓶酒。

　　泡完澡，四肢柔软如面条，躺在床上翻书。一些字突然动起来，生了趾爪，在页面上向我直逼而来。一定睛，是两三只蚂蚁。起来察看，枕上、床单上到处都是。比常见的蚂蚁小得多，个个却有王者风度，不慌不忙，胜似闲庭漫步。

于是在四壁墙根、床下遍撒饼干渣做引导，以免伤及它们。在这里，我想我更应该敬重它们，它们的存在可能超过了一亿年。青藏高原隆起之前它们就是这里的主人，目睹过霸王龙的灭绝，也见证过人类蹒跚走来的脚步。假如蚂蚁有文字，它们的历史将比人类史厚得多，如果开口讲话，在这个星球上比我们更有发言权。若是展望未来，相对于不顾一切的人类，它们肯定会笑到最后。

靠近铁门是登记室，也是道嘎一家的住所。那儿有只肥胖的旱獭，见人就直立起来，合着两只前爪向人作揖。经过的人们都喜欢逗逗它，待它作揖时就喂些零食。有人开玩笑说，多可爱的家伙，肯定是人转世的。

我也拿了饼干去喂，却发现它是瞎的。它的感觉倒是灵敏，听到脚步声靠近，就朝我站立起来，举起两只前爪上下摆动。

道嘎抚着它的头说，这只獭啦是她阿爸捡来的。她叫旱獭为獭啦，是爱称。道嘎说前年她阿爸去县城，半路上见到它，当时它还小，被过路的摩托压破了头。她阿爸就带它回来喂养，虽然没死，眼睛却瞎了。后来阿爸将它放归野外，第二天不放心，又去找见它，抱了回来。她阿爸说那样一个瞎子，不是被饿死，也会被其他动物吃掉。

说话之际，黑瘦男子掀开门帘出来，微笑着看看他的胖獭啦，骂道：看看，就知道吃！可是他眼含慈爱，仿佛看着他不懂事的孩子。

河滩里帐篷林立，水汽蒸腾，一片欢声笑语。那是牧人们的天然浴场。

在低于堤坝两三米的河滩里，到处水花飞溅，如鼎沸腾。确切地说那不是温泉，是沸泉。进入河滩须留心脚下，以免陷入沸汤之中。据说原有大小泉眼一百零八个，如今打了机井埋了管道，泉眼大为减少，喷涌的压力也大为减弱。每个泉眼水味各不相同，有咸有苦，有甜有涩，牧人们能说出什么味儿的泉水对治什么病。

牧人们的干粮堆放在一旁的巨石上，酥油糌粑，风干牛羊肉，粗枝大叶的松潘茶。假如男人们不抽烟，在这里就用不到火。我久居甘南草原，深谙藏族牧人千古不易的信条：简朴就是健康，外无物累、内无妄念，便是幸福人生。

石块圈成的一个个水坑，绿莹莹荡漾着热气，是牧人们的大浴缸。他们这儿一群那儿一伙，天体袒呈，其乐融融，远看如海岸麇集的海豹。年轻女性有略加遮掩的，上年纪者则坦荡无余，十分自然。他们头上缠着毛巾，一边往身上撩水，一边用不同的方言说说笑笑。一位年轻母亲双臂揽着孩子，孩子一边吃奶，一边以小手击打水面，溅起晶亮水花。无论是光洁饱满，还是黯淡干瘪，露天坐温泉者，皆是大自然的赤子。

一群群牧人被卡车或农用车拉来，卸在河滩的入口。新来者纷纷去河岸西侧砂岩下，那儿的半壁上有个佛龛。他们小心地献上哈达，放下几颗糖或一两个水果。然后选空地搭建帐篷，一阵骚动之后，分散加入各个池子中。

那是一个怎样的佛龛！它只是嵌在岩壁里的破旧木框，供着一张佛像，歪歪扭扭摆着些红泥捏成的酥油灯。

佛龛下总聚集着一群男人，他们靠着岩壁闭目养神，看上去很是惬意。一些人起身离开，马上有人补充进去，不留空缺。是什么磁石般吸附着他们呢？

我凑近去看，那些牧人便上身前倾，亮出背后的岩壁来。原来那砂岩底部露出几块黑色巨石，奇形怪状但较为平整，摸摸十分烫手。牧人们争相解释，我只听懂大概，说是那发烫的黑石具有神力，可以治愈男人们顽固的腰疼病。

三天后，硫黄水泡方便面的伙食变成珍馐，不到吃饭时辰就迫不及待。我的食物迅速告罄，需要去河东买些吃的了。

低矮的土屋散布于山下。不少屋门锁着，阳光静静洒在小小的院落。打问怎么回事，原来坐温泉的旺季是在冬天，那时牧人们有了空闲，所有房间都会住满，甚至有人住在山根的窑洞里。这个小村的历史也是坐温泉者的历史，第一个牧人在山根搭了简易窝棚，后来者跟着效仿，长期坐温泉者便定居下来。

有间小小的杂货铺，店主是个穿着棉袍的老妇。我买方便面和饼干，看看生产日期吧。

啥？日期？老妇似乎受到侮辱：我们可不讲那个！

不再出声，拿了些桶装方便面，奶油夹心饼干，一瓶青海互助大曲。还有几个皱巴巴的梨子，一并装在塑料袋里。

提好，小心瓶子打了！老妇提醒道。

方便面在保质期内，夹心饼干却是6年前出厂，奶油夹层成了塑料泡沫，嚼之无味。相信并无霉菌滋生，足可用来充饥。

调好水躺进浴缸，手边放着食物，酒瓶。

想想在城里，大街上，宾馆里，公交车上，荧屏闪烁，广告声嘶力竭，让人无处逃遁。而在扎仓，只有大地充满野性的呼吸。而且没有手机信号。那么，干杯吧。

高举酒瓶，痛快淋漓地咕两口互助大曲。青稞酿造的纯粮烈酒，跟眼前的环境多么契合。有句谚语：牧人见酒，骆驼见柳。我也嗜酒，足可自比青藏牧人了。

据说不久前有位坐温泉的老人去世，其他坐温泉者将他葬于西北的无人谷地。

沿河滩上行，经过喷云吐雾的温泉地带，进入一条原始大峡谷。巨型卵石壅塞了谷底，仰望两面没有植被的陡坡，更多巨石摇摇欲坠。没有人，没有牛羊，只有野兔奔走，兀鹰高翔。

西侧阴山上，焦黑的石块被垒成一座座高塔，形成一片塔林。整面山坡皆是黑黢黢的塔林，让人震惊。脚下散布着一些白骨，是牛羊骨，还是兽骨？又见到一个人的头骨，翻过来，空洞的眼睛与我对视。一阵山风掠过，塔林间斜拉的经幡啪啦啦响起，仿佛惊飞无数鸽子。附近巨石上画着一幅佛像，金线勾勒，填充着艳丽油彩。双耳垂肩的佛陀身披百衲袈裟，袒露右肩，慈爱的目光透着悲悯。

端坐于佛像对面，闭目聆听。在那大山之下的荒野，我曾静坐过三天。穿越时空，坦荡不羁的生命之歌喧响于耳际，与猎猎经幡一道，组成了青藏高原庄严的天籁。智者说有些声音我们是听不到的，但关闭世俗的耳朵，宇宙深处的旋律就潮水般涌来，传导出生命的实相。

在河滩东边，见到一老人追着为流浪汉理发。

蓬头垢面的流浪汉不肯就范，老者与几个闲人围追堵截，不肯放弃。那老者左腕搭一条毛巾，口袋里插着推子和木梳，强行拉住那邋遢汉，摁在水坑边洗头。流浪汉屁股坠地呜哇呜哇叫着，像个试图逃避惩罚的孩子。老者在他头上扇了一下，并厉声呵斥，他才安静下来，然后拧着身子，坐在一旁的石头上。

理成短发的流浪汉傻傻地笑着，竟是个英俊男人。人们说他是来讨饭的，是个哑巴，在此留居已有半年了。

而那老者原先是个僧人，不知怎么就还俗了，多年居住在村子里，成了义务理发匠。

早起第一件事，还是察看我的蚂蚁朋友。

门后角落出现新鲜沙土，大批蚂蚁在忙碌。地下许是它们的宫殿所在，而且似乎正进行一项庞大的装修工程。它们搬运出小米粒般的沙子，在地面大肆铺陈开来，仿佛古埃及的采石场。揉饼干屑如雨下，作为犒劳。

也有一两只随意奔逃者，在空旷的水泥地上走走停停，若有所思。蚂蚁类似于人，也有些不合群的，或被拒之主流以外，或自觉寻求孤独与安静，应予原谅和同情。

咔咔咔咔，道嘎今天穿了高跟鞋，一路响来，说要打扫房间。我说谢谢，我走之前无须打扫。

顺便问道嘎，坐温泉真能治病？

她肯定地点点头。

她说，她阿爸就是坐温泉坐好了的。她家原在县城，阿爸开车跑生意，家境殷实。后来阿爸得了糖尿病，吃药打针不济事，就跟人来坐温泉。没想到三个月就好了，再没吃过药。跟母亲一商量，阿爸就拿出全部积蓄，又贷了款，来这里修房子开了旅馆，方便来坐温泉的城里人。

我想，除了温泉能治病，简朴的饮食和平静的心态也应该是使人康复的原因之一吧。

想起一个故事。20世纪90年代，在甘南的一个偏僻牧场，有母子俩的牛羊在春雪中悉数冻饿而死，虽然在政府救济下渡过了难关，但变得一贫如洗。雪上加霜的是母亲得了胃病，儿子送她去医院，检查结果竟是胃癌，而且到了晚期。医生了解其家境后私下告诉那儿子，就是有钱也别白搭，回去好好孝敬母亲，让她开开心心活个一年半载吧。可儿子对母亲宽心说：医生说不要紧的，吃两三个月的药就好了。儿子让医生开了些药，就带了母亲回家。母亲信以为真，每天高高兴兴按时吃药。带来的药吃完后，儿子打听到牛苦胆能治胃病，就找来牛苦胆汁，将糌粑揉成豌豆大的颗粒泡在里面，浸透后拿出来晾干，对母亲谎称是从藏医院取来的"救命灵丹"。他担心母亲咬破糌粑丸不但觉得太苦，尝到熟悉的糌粑味儿也会生出疑惑，就骗母亲说，大夫交代这药不能咬，用温开水送下就可以了。母亲每天服用那糌粑药丸，儿子只好背地里点灯祈祷，一求菩萨保佑母亲不要早死，二求菩萨原谅他的欺骗行为。结果一年之后，母亲的胃癌竟奇迹般好了。

人的自愈能力与生俱来，只是往往被习气所遮蔽，滥用药物者可能导致自愈力退化，而信心和希望能激发它，唤醒它，调动自身的康复能力，能发挥药物难以企及的功效。

地心涌出的硫黄味汤药，除了可能的治疗作用，同样给予他们安慰与信心。何况，还有那目光温和的佛陀日夜陪伴着他们。

今日断了冷水。拧开冷水阀门，管道倒吸一口冷气，如一头割断喉管的牦牛向世界告别。随即流出一股带淤泥味的黑水，花瓣、草籽和虫子的尸体在缸底铺了一层。奇怪的是，在诸多虫子的尸体中，小小蚂蚁依然顽强地活着，一个个爬出水面，在浴缸里悠闲漫步。

我用食指粘起一只蚂蚁，大声说：没有你，就没有我。

突然想跟那些牧人一起，整天安静地待在水坑里。因为那才是我此行的目的。

于是带了毛巾，大步走向雾气弥漫的河滩。

脱掉鞋袜，地表温度该有四五十度。接着脱掉衣裤。跟别人相比，苍白的皮肤让我很难为情。水坑里的牧人们却宽容地望着我，用微笑鼓励我。他们接纳了我。

水温很高，坐下去又跳起来，引来大家哄笑。重复几次，渐渐适应了。上身露出水外，阳光爱抚得无微不至，高原的风却是鲁莽的，刺穿着肌肤。旁边的牧人教我一个办法：将毛巾在热水里摆摆，然后披在肩上。冷了再浸，如此反复，终于渡过难关。我用蹩脚的藏语回答他们的问话，更多时候则是静静地倾听，看着他们会心微笑，或跟着开怀大笑。我回到了真实的自己，回到了纯真的童年。

白天去河滩坐温泉，晚上在房间泡浴缸，一星期后，腿上的鳞屑病宣告痊愈。

离开扎仓那天，门后的蚂蚁工地情形大变。墙根堆砌的沙堆突然不见了。它们做得那么干净彻底，仿佛变魔术一样。

而且，整个房间，包括厨房，找不见一只蚂蚁的踪影，仿佛之前的景象只是幻觉。

退房时，道嘎来帮我拿东西。蚂蚁不见了，我说。我希望她能提供相关信息，比如以前是不是有过类似的现象。

道嘎咯咯咯笑着，说，都十天了，没给你打扫房间，阿爸骂我懒呢。昨天你去河滩坐温泉，我彻底打扫了一遍。你回来晚，可能没注意。

　　原来如此。蚂蚁是此地最早的主人，但它们与人类的生活并非没有冲突。只是它们不会计较，新的旅客住进去，它们还会出现，默默地陪伴。

第三章

青藏时空

　　那些目不识丁的牧羊人为何突然间有如神助，演唱出一部又一部辞藻华丽的"格萨尔"？因为青藏高原纯净的空气里储存了诗歌的所有元素。在物质至上的洪水尚未漫及的高地，内心安详的人们仍可凌空高蹈，感受生命灵魂的奇谲力量。

　　久居藏地，我也深受濡染。有次我流连在深秋的山林，蓝天如洗，空气清冽，白桦的叶片纷纷飘落，在小溪中漂流而去。在那宁静之中，我突然听到了一个声音：睁开你的另一只眼睛就会看见，张开你的另一只耳朵就能听到，打开你的心扉，神奇的世界就展现在你的面前。

　　你是谁？我张大眼睛仰头寻觅。

　　那声音说：你的面前有一扇门，门里是天堂还是地狱，由你的心境而定——在你的脚步之前，心已抵达了那里，蓝天丽日还是凄风苦雨，都是你心里的风景。

我鼓起勇气追问：你到底是谁？我该献上我的敬意。

我从你的内心走来，那声音说。我原本就在那里——我就是你，是你被遮蔽了的自己。

空谷足音

一个矫健的女人，曾经从这片荒原上飞奔而过。她的长发随风飞扬，兽骨和石子儿串成的项链嚓啦作响，敲打着她丰硕的胸部。山花在她身后一路铺陈，直达白云飘拂的天际。

而我在白石崖看到的，只是她留在岩石上的足迹。

白石崖距离合作市不远，当天即可往返。

清晨搭去往临潭的班车向东，颠簸三两小时，看见路旁完冒学校的土墙边，弥勒佛模样的胖校长已等候在那儿。胖子是我的藏族朋友，他的行囊里装着煮熟的羊肋条和啤酒。

向北，向上。经过一个藏族村庄时，家家的狗都叫起来。"巧戴帽！""巧戴帽！"胖子大声与村巷里的人们打着招呼，意思是说"你好！""你好！"渐渐地，那些狗就默不作声了。

穿过村子，进入簸箕状的大山之腹。白石崖由中间高、两边低的三座山岩组成，虽然不是纯白色，但在墨绿色的群山中还是格外显眼，远看恰似一个巨大的象形"山"字。

那天是农历六月初一，朝山的人很多。他们在山岩下煨起滚滚桑烟，一边呼喊着，一边抛撒风马纸片。纸片蝴蝶般翻飞，落在夏季的草地上如同积雪。

胖子要我分享一下他的发现，领我攀到了白石崖后面。那儿是一面缓坡，崖顶与背后青山连为一体，而前面是悬崖，垂直高度约莫有三十层楼高。在中间最高峰，草地与岩石相接处，胖子指着一块裸露出来的平坦岩石说：

你看，你外婆的脚印！

灰白色的岩石上，深深嵌着一只脚印。脚形微胖，五趾岔开，脚掌上的纹路清晰可辨。经大致测量，其长度可穿38码女鞋，宽度嘛，恐怕如今的鞋店里难以找到适合的型号。我想，她也许应该试试牛皮束鞋——将泡软了的牛皮边沿用皮条穿起来，束成脚的形状，然后钉上鞋底、接上鞋腰即可。那是我小时候常穿的真皮靴子，里面塞上青稞草可以安全过冬。

我对胖子说，这是你外婆。看她野的，整天疯跑，脚丫子都跑散了。

可以想见，当时的"外婆"年轻健美，跑起来步履如飞。脚尖前方，有一尖状凸起的石块，无疑是脚丫带起的淤泥。

那么，附近有没有另一只脚印呢？应该有吧，只要揭开松软的草皮，一定会满足我的好奇心。可是我压抑了一时的冲动，也没有对胖子说出来。

胖子是个细心人，他说，其实她不是在山顶奔跑。当初这里可能是一处河床，也难说是一片海滩——没听说吗，整个青藏高原，曾经就是喜马拉雅古海？

我说，那么，你外婆可能是在打鱼。

我外婆不吃鱼，胖子不悦地说。

我才想起来，他的民族是忌讳吃鱼的。于是就改口说，她可能和你外公在散步……兴许她是个浪漫女人，那天约了另一个男人。

胖子反而得意地说，那当然。只有你们才一辈子吊死在一棵树上。

那个花草丰茂的山谷，便被我们命名为外婆的山谷。

在那山谷，让我感兴趣的不只一只脚印。

山谷里还有一种神秘植物，谓之无影草，医治骨伤有奇效。胖子说，那细如韭叶的草会转色，周围的草是黄的，它显现的就是黄色；周围是绿的，它也是绿色。只有在雨后彩虹出现的时候，它的叶片会映现彩虹的颜色，但也是一闪即逝，难以捕捉。

有一种方法可以找到无影草。媒介是一种鸟儿，小如蜂鸟，在灌丛里筑巢。在它准备孵卵的时候，人们找到鸟巢，拿铅笔在蛋上画一道细细的印痕。小鸟回来，以为那只蛋可

白石崖山谷的赛钦花

能开裂了，就急忙衔来无影草贴住划痕。因而手脚足够敏捷的人会跟踪那小鸟，找到无影草的所在。只是如今，连那作为媒介的小鸟也没人可以辨认了。

我笑而不语，因为怀疑那些说法的可信度。胖子说，你认为你能看到的就是世界的全部？囊！

他突然冒出这样一句发音不准的外语来。接着他说，我们看到的只是这个世界的三分之一，另外还有未知的和不可知的部分。

过了两个星期，我带了家人同去朝拜外婆的山谷。由于已熟悉地形，没去打扰被"普九"验收弄得焦头烂额的胖子。我们带了足够的石膏粉和水，将外婆的脚印完整地拓了下来。

正当我们埋头那精细的工作时，一个牧人晃荡过来，不屑地说，那有什么，才一只脚印。他用嘴指着另一侧山谷说，那儿有块大石头，一座房子那么大，上面全是小孩的脚印。老人们说过，那是小仙童们跳舞的宫殿。

小仙童们跳舞的宫殿！我不知道在那氤氲着白色雾霭的山谷里，还"存在"着怎样金碧辉煌的楼阁亭榭。

白石崖岩壁之下，朝山的人们点燃桑烟的地方，保留着不少早年的铜钱和碎银子，没有人会去翻动那些东西。白石崖的岩缝里栖息着许多灰鸽子和红嘴鸦，朝山的人们抛撒给它们的粮食在岩壁下茂盛地生长，我们第二次去的时候，青稞已经抽穗了。

而与一粒芥子的相遇，让我听到起自远古的生命之歌。

那天，秋天的阳光格外明媚。对我来说，那注定是不平凡的一天。秋收季节刚过，庄稼已搬运到农家场院，山野宁静而坦荡，如同产后的母亲。

从车辙杂陈的山道上，我随手捡起一束带荚的芥子。

是的，芥子。荚壳沙沙作响，泛着柔和的金光，熟悉而又陌生。是谁粗心大意，将它遗落在秋后的山道？

其实，这并非农人粗心所致。我知道，这儿的人们在收割、搬运时会故意大大咧咧，留一部分收成在田里，作为鸟儿们越冬的粮食。民间保留的习俗中，多是淳朴而颇有深意的。

我揉搓着那束芥子，荚壳随风飘走，颗粒从指间滑落。当最后一粒芥子将从指缝间溜走的时候，我无意中捏住了它。

我把它托在掌心。至今为止，我没有这样近距离观看过一粒芥子——虽然我和它们须臾不可分离。

它似乎是有生命的。它惊恐不已，左右奔走，试图逃脱我的控制。它太小了，几乎不能用我尚且灵巧的手指捕获它。我将手心凹下去，收住它慌忙逃遁的脚步。它色泽红润，闪耀着太阳的光泽，飘散着春风和雨露的馨香。

我将它捏在手心里的时候，那种感觉是奇妙的——虽然，起初我并不知道为什么。

但我还是听到了源自意识深处的疑问——它，这粒小小的芥子，究竟来自何处？

是的，在亿万年的时间长河里，它得了何等的恩惠和幸运，才使渺小如斯的生命延续到今天？

最后，我还是让它从指缝间悄然滑落。

看不见的鸟儿

我的一位邻居老人说，在没有留下过汽车轱辘印的地方，会游荡着一些快乐或者哀怨的幽灵。黄昏时分，如果你穿过一座僻静的村落，可能就在某个墙角与他们撞个正着。你虽然瞪大着眼睛，却丝毫感觉不到他们的存在；倒是那些幽灵会主动闪开，说，看啊，这个瞎子，他踩着我啦。

那是一位乐观豁达的老人，深受家人和邻居的尊敬。他说过这话不久，就告别了我们，毫无牵挂地进入另外的空间了。我记着他的话，心想会不会在某个黄昏或者夜晚，在楼道里突然就碰上他呢？可是我眼前除了一些坚硬而冰冷的物质，什么也没有。

虽然我们深感物质世界是不容置疑的，但在现实生活中，还是宁可相信一些虚幻事物的存在，并在内心为它们预留着足够的空间。

一次，我在经过一个名叫木道那的藏族寨子时，一群人正聚集在寨口一棵古杨树下，群情激愤地呵斥一个小男孩儿。那男孩儿委屈地抹着泪，手里拖着一把割草用的长柄镰刀，看上去很无辜的样子。我觉得那样对待一个孩子是不公平的，就问其中一位年长的男人，难道，他做了什么不可饶恕的事了吗？

那人指指老树说，你看看，他做的好事！

那老树上挂满了被雨水冲刷得泛白的经幡，还涂着不少酥油，酥油上粘着一团一团的羊毛。在一段空白树干上，有一道刀砍过的痕迹，新鲜的茬口上正在流着眼泪一样的树汁。

原来，拿镰刀的小男孩儿路经此处，无意间向树上砍了一下，恰好被大人们看见了。他们认为树是不能想砍就砍的，何况那不是一棵普通的树，而是山神的寄魂树！

人们说，那伤口不光是砍在树上，也是砍在山神的身上啊。山神护佑着寨子的平安，人怎么能恩将仇报呢？

我仰头看那老态龙钟的杨树，它有着枯瘦扭曲的枝干和稀疏的叶片，树冠上三两个鹊巢岌岌可危。除此以外，什么也看不出来。可我相信在寨子里人们的眼中，一定会是另外一番景象。一些非同寻常的鸟儿栖息于树枝，它们无形的翅膀鼓动着透明的空气，给整个寨子带来幸福和吉祥。

在一些偏远村寨，那些看不见的，或者被我们认为是虚无的东西，仍被供奉在人们心灵的殿堂上，并被敬畏的嘴唇传诵得鲜活生动。从古到今，那样的鸟儿一直不知疲倦地飞翔于民间的天空下，因而在青藏高原，每一座山、每一条河都有相对应的神灵，即使那些丑陋的石头和树木，也有人一样的尊严和灵性。我们常常会看到这样的事实：即使大片大片的森林被伐木工用油锯剃了光头，而被村民们保护着的"神山"上，尤其是在喇嘛寺庙的附近，成片成片的树木依然生长得茁壮而茂密。

小时候，我们总被警告不要在路上撒尿，冲了路神，眼皮上就会长出蚕豆大的"眼蛋"；也不能把脚丫踩到泉水里去，因为泉眼里住着泉神，冒犯了就会让我们的脸上长疮。我们表面上不以为然，但真那样做的时候，心里总会有所顾忌。

有些东西我们是看不见的，但深深隐藏于我们的意识里，适当的时候便突然显现出来。正是这种对自然的神圣感和敬畏，约束着我们的行为，不断地使我们放弃自私而非分的念头。

现代"甲骨文"——尼巴村写在牛头骨上的经文

旅游业兴盛以来，香格里拉（安多藏区称为香巴拉）成为人们追寻的理想境界，希图那仅仅是佛经中提到的或者小说里描绘的世外桃源，在现实中能够找到确切的对应。可实际上，香格里拉作为佛教理想中极乐世界的象征，无论把它放在哪一块现实的土地上，都会显得牵强，甚至会玷污了它本身的圣洁。曾经有位名叫吉米·哈特的美国人，意外得到了另一条通往香格里拉的"路线图"——他在尼泊尔境内寻找香格里拉时，当地一位老喇嘛笑着说：年轻人，你到处找什么呢？香格里拉就在你的心中啊。

可是我们眼里除了实实在在的物质，什么也没有。就像我在木道那寨口仰头张望的时候，看到的只是枯瘦的枝干和稀疏的叶片，以及树冠上岌岌可危的鸟巢。

有的人会相信山神，相信山神会把灵魂寄托在某棵老朽的杨树上，那是一种心灵的真实。也许那些鸟儿轻盈透明的翅膀已经不能承载物质世界之重，它就像藏族民间故事中那个冰做的宝贝，突然受到阳光的惊扰，撒一摊尿就急急逃走了。我们也无法用文字的罗网捕获它，当我们试图张开罗网的时候，它已经了无踪迹。它伴随了人类的童年，一直到现在，如果不是我们遗忘了它，甚至拒绝了它，它一定还会陪伴着我们，直到世界的末日。

我相信没有汽车辙印的地方会有精灵游荡，虽然说这话的老人早已故去。而我将继续穿行于青藏边缘的村寨牧场，在民间的天空下追寻那些虚无之鸟的踪迹。

隐秘之门

我看见一个年轻的女人来到神鹰谷，而且逗留了好长时间。

当时大约是正午。我坐在山谷南面的山坡上，准备拍摄对面神鹰谷上方那座小小的建筑。当时光线不行。那虽然是一座有着棕色墙壁和黑色窗户的古老建筑，但在刺目的阳光下显得有点平淡，甚至显得局促。我调整着照相机的光圈，等待合适的时机——如果有足够的耐心，等到太阳西斜的时候，光线会柔和起来，空气也将更加干净。

那是一座小经堂，或者仅仅是某位高僧的静修禅房。它右侧隆起的山包上是一座更小的房子，四四方方，是装擦擦用的。小经堂左侧的山坡上满是经幡，没有风，泛白的幡布下垂着，静得如同落雪的森林。

神鹰谷不大，要不是那儿的草地上有一截中间快要被砍断了的衬木，几把生了锈的斧子和刀子，谁也看不出与别的山谷有什么不同。也没有秃鹫的影子，那些神鹰向来行踪诡秘，没有人知道它们来自哪里，又去往何处。

眼前的情景就是这样。可是我们应该承认，世上的某一部分东西，是不被我们的眼睛所看见的。是的，也许就在那儿，隐藏着类似于一扇门的东西。它虽然无影无形，但可以通向我们经验之外的另一个空间。那个使我们的想象变得无能为力的世界，充满了神秘气息和哲学味道，古今中外没有人不想弄个明白；可人的有生之年只是像待在水里的鱼，要想知道岸上的事情，几乎是一种奢望。据说拥有某种能力的人是能够看见门那边情形的，如果是真的，他看到的也不过是被水面扭曲的模糊的镜像，并非"亲眼目睹"。

美国作家詹姆斯·莱德菲尔德在《塞莱斯廷预言》里提到那个神秘的入口时，声称它就在南美秘鲁的某个山谷里，而且好像全世界就那么一个。可在这儿，在弥漫着形而上气息的青藏高原，神鹰谷就是一处那样的入口。

阳光在草尖上跳动，花瓣的颜色瞬息万变。小经堂的棕色墙面以及梯形窗户上，光线也发生着奇妙的变化：有处受光面增加而阴影减少，有处则相反，阴影不停侵淫着受光面，直到亮色完全被吞没，陷入寂静的黑暗当中。变化发生在分分秒秒，平时并不觉得有多明显，可仔细看看，阴阳的交替进行得轰轰烈烈，甚至是惊心动魄的。

突然，一曲嘹亮的歌声打破了山谷的寂静。她就是我要说的那个年轻的女人。

她从经幡丛林背后的斜坡上横穿过来。她双肩背着一只类似于皮袋的行囊，赤脚在草地上疾行，看上去行色匆匆，仿佛在追寻她家走失的羊群。让人纳闷的是，她穿着的藏式袍子却是崭新的，织锦缎的面料闪着华丽的光。

她没有注意到我，我想。她的目光专注而热切，紧盯着神鹰谷的中心，仿佛那儿有清晰可辨的东西，牢牢牵引着她的目光。她脚下磕磕绊绊，不顾一切的样子，如同在奔赴一个重要的约会，可是已经迟到了。

我想我的猜测应该是对的，她是带着歉疚和不安，来参加一个迟到的盛典。她一边走一边高声歌唱，细听上去，歌词只有六个字，那便是虔诚的老人们常常念诵的六字真言。那六个字从她的口中发出，虽然含着些哀伤，但声音高亢嘹亮，使空寂的山谷产生回响，形成共鸣。谁都知道，要使夏季满是花草的山谷产生回声，通常是不可能的。

她在神鹰谷边上停住了脚步，并沉静下来。接着，她双膝跪了下去。

让我猛吃一惊的是，她跪下去的同时，发出了一声凄厉的喊叫。我没能听清她叫喊什么，只觉得那声音足以撕裂山谷里的空气，让花草战栗起来。

当她伏下身子，把额头触在草地上的时候，就只能听见她喃喃的自语了，拉家常似的滔滔不绝。

我想，那扇隐秘的大门已经訇然开启，"阴阳两隔"的限制不复存在。她也许已经触及对方手指的温度，嗅到了曾经讨厌的烟草或者青稞酒的气味。那么，她喃喃述说着什么？或许她有必要解释一下来迟了的原因，或许重申着曾经的誓约：来世将继续不求回报地给予，或者带着感激之心坦然地接受。信仰藏传佛教的人们认为，生命从无始来，到无尽去，与宇宙同在；而肉体只是借以栖居的房舍，一旦无法再遮蔽风雨，即可毫不留恋地放弃。然后去寻求下一个全新的"房舍"，继续他或她的未竟之业。"万般带不去，唯有业随身"，另一生活场景的序幕拉开时，不但生命得以延续，一切恩怨情仇也将接着演绎下去。

她终于站了起来，走到一旁的煨桑台前，卸下行囊，从里面取出煨桑的原料。袅袅的桑烟升起来了。糌粑被烧焦的味道，柏枝的清香，很快在山谷里弥散开来。

属于她的盛典正在进行，而且有条不紊。接下来，她绕着煨桑台翩翩起舞。是的，舞蹈是女人的本能，对于"会说话就会唱歌、会走路就会跳舞"的藏族女人来说，更是如此。她那双赤脚在草地上无声地起落，崭新的袍子闪着织锦缎特有的光彩。她轻盈地旋转着，粗而蓬乱的发辫飞扬起来。最后，她那镶了花边的裙摆也鼓荡起来，仿佛撑起一把厚重而华贵的伞。

后来回想，作为一个摄影者，那个镜头是不容错过的。可奇怪的是，当时我的食指放在快门上，却忘了把它按下去。

最后，她渐渐收住了舞步。她脱掉了身上的新袍子，换上了从行囊里取出的另一件袍子，看上去有点旧，颜色也灰暗了许多。她将那新袍子仔细折叠起来，放进了行囊。

太阳西斜的时候，她重新背起行囊，绕擦擦房转圈。后来又绕小经堂转圈。有一大段时间，她逗留在那棕色墙下已经拉长的阴影里，我以为她突然消失了。当她再次停留在那阴影边缘的时候，我发现她把额头抵在墙壁上，一动不动。

最后她又唱起了六字真言歌，高亢而嘹亮。她穿过斜坡上的经幡丛林，身影在山梁上一闪就不见了，仿佛一只轻捷的母鹿。当时那些经幡突然被风吹动，啪啦啦响着，仿佛成群的白鹤，同时展翅飞向蓝天。

她消失在曾经出现的地方。

我发现已经到了光线柔和、空气纯净的时辰。对一个摄影者来说，此时应该是按动快门的时候了。可是我觉得，空寂的山谷里，已经没什么东西可以拍摄了。

祈 愿

初秋的塔尔寺，一个细雨霏霏的早晨，我与各色朝圣者一道，默默行走于寺院外围的转经道上。

我有许多次来到这座寺院。第一次是我刚刚从兰州师专毕业，为一个家在格尔木的女同学送行。在大金瓦殿菩萨座前，那位同学双手合十念念有词，出来后我问她念叨什么，她说，她在祈求菩萨赐给她一个懂得体贴人的好男人。她老家在山东曲阜，自称是孔子的第七十二代子孙，上学前父母在格尔木为她物色了一个军人，只是她本人尚未表态。她要我一直送她去格尔木，见见她的父母，可我准备在西宁开始自己的创业生活——我在兰州学了篆刻手艺，打算从此做一个流浪的手艺人，以实现周游天下的梦想。分手前一天她为我洗了衣裤，并用搪瓷缸盛了开水，将裤子熨出两条棱棱的线，说：这，应该是直达格尔木的轨道啊。我说：菩萨会保佑你的，在格尔木等你回来的那个人，也许就是你希望中的男人。

当然我同时在为自己祈愿，希望此生不受女人以及其他势力的约束，能够享有本该属于自己的那份自由。

好多时间过去了，好多事情也过去了。曾经默念过的愿望，有实现了的，也有依然悬空着的，还有不少连自己都忘记了。由于时过境迁，某些曾经以为关乎生死存亡的事，如今却变得无足轻重了。

走在寂静的转经道上，脚下越来越泥泞，心情却渐渐与周围的环境协调起来。佛殿金顶和山林树木笼罩在雨雾中，桑烟低低徘徊着，柏枝的香味却比往日浓烈。思绪沉静下来，甚至有些暖意升起在心间：那孔子的第七十二代孙女回到格尔木时，穿着军装的男人真的在等她吗？会成为最体贴她的男人吗？

祈愿是一朵花，一朵含苞的花。希望我送给她的那朵花已经开过，曾经热烈灿烂，而且也结了果实。我送给自己的那朵呢？有点愧疚，不过始终没有放弃。到过数次的塔尔寺可以作证，我一直在走，走在那条似乎没有终点的路上。为了生存，有时不得不妥协，不得不退回"安全"之中，但前方的灯塔依然亮着，不断将我散乱的目光牵引回来。

在塔尔寺南山最高处，我发现了一面奇特的祈愿墙。

它显然是新建的，因为以前从未看见过。仔细查看，那并不是专门为祈愿者而建的墙，它是一座四方的小建筑，只是没有门窗，四面的墙壁洁白而平整，恰好适于题字留言。于是，人们用各种笔或黑木炭，在那洁白的墙上坦露心迹，留下了各式各样的文字。

相对于从过去一直延续下来的其他景物，那写满了藏文、汉文以及蒙文的墙壁显然是有趣的。它透着新鲜的时代气息，一字一句直抵人们内心的隐秘之处：这样那样的愿望中，既有平实朴素的传统式祈愿，也有与这个骚动的时代相对应而不为佛家所提倡的世俗欲望。

我不认识藏文和蒙文，只是挑挑拣拣读了一些汉文留言。那些字句笔画有粗有细，字体有的清秀有的刚正，也有的稚拙如出自小孩子之手。"愿弟弟考上重点大学"，"佛祖保佑我的眼睛赶快好，长大当警察"，"希望卓玛结束那桩不幸的婚姻，跟我远走高飞"，等等，这样的愿望淳朴而热切，足以让佛祖生出恻隐之心。有些要求就显得勉为其难了，如"佛祖保佑我店里生意兴隆"或者"让我中500万大奖"、"我的父母一定要富贵"之类。据说佛祖并不乐意做那些锦上添花的事，他只是救火般忙于解救那些深受贪、嗔、痴熬煎的人，使他们幡然醒悟，卸下一重又一重欲望的枷锁，感受到本来就属于他们的清新空气和灿烂阳光。

也许谁都明白，祈愿不一定会得到兑现的。但从古到今，从东方到西方，人们依然乐此不疲，而且带着虔诚和敬畏，让自己沉浸于美好而温暖的氛围当中，似乎命运之神就在上方注视着他们。是的，当我们说出某个愿望的时候，心中便随之生出一朵美丽的花，它虽然只是含苞，却有着粲然开放的可能。

在寺院或者佛殿，人们提出许多殷切的愿望，把佛当成了神，当成了救世主。千百年以来，人们都是这样。对佛的信徒来说，佛陀是生命中的依靠，一个倾诉和祈祷的对象。世间弱势群体总是占着人口的大多数，他们需要这样的依靠和倾诉对象。

　　如果我们说佛陀只是一位智者，一个悟道者，他看清了人生的实质，然后把他的发现告诉更多的人，让大家分享他得之不易的果实……如果真的这样说了，那些摇着嘛呢经轮的老奶奶也许会非常生气。当你看着她们满含着渴望的甚至流着泪水的眼睛，你永远不忍说出事情的真相。她们不知道佛陀在世的时候并没有如此的应许，她们深信的是佛的慈悲和宽容，深信佛会听到任何人的声音，而且不会因为身份的卑微而遭到遗弃。是的，她们翕动着嘴唇反复念叨着自己的愿望，期待它有一日盛开为世界上最绚丽的花朵。

　　塔尔寺所在的宗喀地区，便是"第二佛陀"宗喀巴大师的出生地。如今的大金瓦殿前有一丛枝叶婆娑的树，用高高的木雕栏杆围了起来，人们难以触摸到它的树干了。记得首次来塔尔寺，看见它孤零零地伫立于经堂前面，人人都可以亲手抚摩它皲裂的树干，并把酥油涂在上面，再粘上一些羊毛。我和孔子的孙女试图从树皮上看出什么字迹来，可除了粗糙的树皮什么也没有。最后只得承认，那是自己缺乏信仰

专心致志的刻经石者

的缘故。

在传说中，那是一棵来历非凡的树。据说宗喀巴的母亲在背水路上生下了他，用石块切断脐带时滴落一点脐血，渗入土中，立即长出一株白菩提树来。那棵菩提树枝叶繁茂，馥郁飘香，虔诚的人会从每片叶子上看到一尊狮子吼佛像。在青藏雪域，每个非凡的人物都会有类似的神奇故事做背景，只是这个故事更为美丽，而且有实物相对应。

向佛陀祈祷，回声总有一天会被人类自己听到：希望人们停下作恶的手，熄灭胸中贪欲的烈火，回归原初的淳朴和善良。

　　在临潭旧城的大庙里，我看见一家祖孙三代人牵羊"还愿"的情景：老奶奶雪白头发，裹着青布裤腿，精神矍铄地走在前面，身后的儿子腋下夹着柏枝，端着油盆，小孙女牵着羊走在最后，一边走一边抚摸着羊的脊背，恋恋不舍的样子。虽然我不知道他们曾经的祈愿是什么，但可以肯定的是，那个愿望已经圆满实现了。老奶奶和儿子在神像前点了灯，烧了香，磕了头，然后让小姑娘把羊交给庙倌。小姑娘眼里含着泪，很不情愿地把绳子递过去。庙倌先点燃柏枝，在羊的前后左右熏了一遍，接着提一把壶，将清水劈头浇到羊的身上。那只羊便扑棱棱打了一个毛颤，并用嘹亮的声音叫了一声。"神领了！"庙倌宣布道。"神领了！""神领了！"老奶奶和儿子都跟着说，眼里充满了感激和幸福。

　　"愿望实现，定当重塑金身。"这样的话，不仅仅存在于影视作品中。在拉萨大昭寺，那尊释迦牟尼12岁等身金像早已变得臃肿起来。何故？还愿者太多，金子也太多。

　　可是，那佛像真的就能代表佛陀吗？

　　在印度，多少世纪以来，身份卑微的人群从来不让进入神庙，因为"如果他们进入，那个庙会变脏"。广大的底层百姓不能到庙里去，这种现象是不平等的，甚至是丑陋的。所以圣雄甘地出现了，他决心改变这种状况。甘地一生都在为这个目标而奋斗，他要让最低阶层的人都能够进到庙里。可是，被誉为"20世纪最卓越的灵性导师"的克里希那穆提谈到这件事，完全是另一种看法："神并不在庙里。"

那么，神究竟在哪儿？电影《色戒》(Samsara)的主人公扎什未曾在自己的寺庙里找到，也没有在寺庙以外的其他地方找到。电影结束时他又踏上了新的历程，我想如果他最终可以找到的话，也该是"蓦然回首，那人却在灯火阑珊处"。

扎什是一位青年僧人，他经过三年三个月零三天的闭关静修，依然没有使世俗的欲望衰减下去。出关不久他跟师父去村子里做法事，便看上了一位美丽的姑娘。他无法克服青春期的痛苦，站在佛像下质问他的师父：他（释迦牟尼）在29岁前仍然过着俗世的生活，但我从5岁起就过着苦修的生活，这是为什么呢？我们怎么知道佛陀的觉悟不是直接由俗世生活引起的呢？师父，严守僧人的戒律后，你应许给我的自由在哪里？我们矢志禁欲，但是你应许给我们的满足感在哪儿呢？……有些东西我们必须拥有才可以放弃！

师父难以回答如此的问题，当然，也特许这名不安分的弟子离开寺庙，自己去寻求答案。于是扎什换上俗人的衣服，去那远方的村庄，找见了他的梦中情人。影片中那漂亮的女主角沙雅塔由女影星钟丽缇饰演，更是增强了世俗生活的诱惑力。他们热烈相爱，然后结婚生子，过上了幸福美满的生活。为了获得更多的世俗体验，扎什还背着他的爱妻，与别的女人偷情。但是最终，他还是与当年的释迦王子一样，于一个夜晚忍痛离开妻子和儿子……

是的，神并不在庙里。我们所见的寺庙里，那些年轻英俊的僧人，也许有着与扎什类似的困惑与苦恼。可是庙里并没有神，能够让他们自觉自愿待在庙里的，是他们变得宁静下来的心。一旦心不再骚动不安，神就会在那儿渐渐映现出来——他本来就在那儿，用不着四处去找的。

《亲历宗教》的作者费舍尔说，"宗教"最初的意思应该是"恢复联系"或"重新链接"。费舍尔的话是有道理的。青藏高原上的原始本教也有这样的说法：从前的世界是一个大花园，人们不需要吃饭，身上发着光，还能和神仙一样飞行，不知什么是痛苦和烦恼。可是后来，人们吃了一种叫"麻麦隆道乎"的食物，突然就变了。人们的肉体变得粗重起来，身上的光渐渐灭了，不能在天上自由地飞翔，而且显得自私和残忍。他们开始残忍地宰杀牛羊动物，为了满足越来越强烈的各种欲望，人和人之间也仇杀起来……人类最初与大自然的密切关系随着"文明"的进程而渐渐淡化，"天人合一"的理想状态最终成为难以重温的旧梦。于是，无论是"恢复联系",还是"重新链接",如今都显得很有必要了。

对于神,费舍尔还有一些通俗的比喻。她说,如果认为他是至高无上的,崇拜者就是卑微的存在;如果认为他是主人,崇拜者便是仆人;如果视他为可爱的孩子,崇拜者就是爱他的母亲;如果视他为朋友,崇拜者便是他的朋友;如果他是被爱者,崇拜者就是他的爱人。

寺庙里供奉的只是神像,神原本就在我们的心里。因而祈愿的花朵最终能否绽开花瓣,能否开放得美丽绚烂,也完全在于我们自己。

第四章　众生家园

不食鱼也不捕鱼的牧人，会不惜重金赎回捕鱼者的收获，将它们放回江河，并将真诚的祝福送给它们。幸运的岂止鱼儿。帐篷边那些忠实的藏獒，即便老得步履蹒跚、昏昏欲睡，一样会被给予家人般的关照。

我还听说，一个迷路的孩子被瞌睡绊倒，傍晚睡在野外的岩石下。半夜他张开眼睛，一只眼露绿光的野兽蹲在他的对面。他的内心却没有半点恐惧。他为什么要害怕？他会按照父母教导的方法，开始在心里与它对话：我不会伤害你，这你知道；你也不会伤害我是吧。于是，那野兽陪伴孩子直到天明，才转身离去。

形而上的青藏，现实里的青藏，造物主在这里重申他的法律：给众生一个自由温馨的家园，哪怕一匹兽一只虫，都有在大地上自由漫步的权利。

一种念头奇怪而固执：假如地球上大部分地方不再适合人类居住，假如真会有一场骇人听闻的大洪水，那么这里，这片高地，必将成为人类最后的避难所。

分享之美

牛头城下大古战西边的村子名叫尕路田。这个位于甘南农牧交会地带的小村，就是我的家乡。新年到来，人们都要先给牛拜年，这个奇特的习俗让我终生难忘。

我不知道这样的传统起于何时。大年初一凌晨鸡叫头遍，就算到了"五更"。圈里的牛听见鞭炮响，闻见柏香枝的香味，就纷纷起来了。民谚道：好马不卧，好牛不站。耕牛是一年四季最劳累的，干活之后吃饱草料，就前腿着地慢慢卧下，闭上眼睛慢悠悠地反刍。它们除了平时深受主人精心护理以外，大年初一凌晨能得到特殊礼遇，它们也懂得珍视这一时刻。它们眨巴着那有着长睫毛的大眼睛倾听着，等待主人的脚步声临近。

其时，主人在院子煨起柏香枝，堂屋、灶房和檐下的灯笼里点上油灯，然后就用簸箕端着各式年馍馍拜见他们最亲密的伙伴。而全家人聚餐，尚是在给牛拜年之后。

主人疼爱地拍拍它们的头，抚摸那明晃晃的大角，它们就用那带刺的舌头舔舔主人的手，或是用头蹭一下主人的衣服，算是表达无言的感谢。在我的家乡，层层梯田环绕群山，无论往地里送肥，还是耕地、运庄稼、打碾都离不开牛，牛有时累倒在地里，但缓一会儿还是默默爬起来继续干。

主人将年馍馍一一喂到它们的口中。喂完之后，又端来将豌豆粗粗磨成豆瓣的精饲料，再添上青燕麦——青燕麦是专门给牛种的，是牛最喜欢的饲草，平时总是铡细与青稞草和匀再给它们。但这一次是例外，喂纯青燕麦，也不铡，大概是"长寿面"之意吧。

拜年无疑是交流感情的一种行为，五更拜父母，初一拜阿舅，初二拜丈人，是许多地方约定俗成的程序。而给牛拜年，且在时间上也是排在"拜父母"之前，足见人与耕牛难解的深情。

给牛拜年时还有趣味插曲，近乎打卦占卜。在牛吃料的当儿，要在牛的头顶上摸取粮食。据说摸到哪种粮食，新的一年中这种作物就获丰收。人们期望摸到的是小麦，但实际上青稞、油籽、豌豆都可能摸到，牛拉碌碡碾场时各种粮食都可能落进它们脑门的毛中。当然对于这种占卜的结果人们也不过分在意，因为只有人和牛共同付出更多的辛劳才能得到期望的收成。

牛没有上门牙，憨态可掬的形象似乎印证了一则古老的传说。在传说里，牛原本是天庭重臣，由于担心凡间人挨饿，便不惜违背上天的旨意，把每天洗三次脸吃一顿饭的律令改为洗一次脸吃三顿饭，因而被玉帝踢掉门牙，谪到凡间遭罪。因此人们对它怀有无限敬意，说它是为民请命的忠臣。

而在轮回转世观念盛行的青藏高原，在众生平等的温馨家园，老人们总会如此训诫他们的孩子：别打那头母牛，它未来的某一世也许会成为你的母亲。牛头城下人们视耕牛为家人，怀着感恩之心为牛拜年，无疑也是这一观念的具体体现。

有尊严的岂止耕牛，还有曾被内地人鄙视的麻雀，乃至大地上那些卑微的虫子。

刚到羚城的那年初春，我在郊外看到一幕奇异景象。

那是唱着歌行走的一队藏族妇女，其实是她们的歌声吸引了我。循声望去，那是一些身材窈窕、步伐轻盈的妇女，或扛农具或背编织袋，一个个列队从嫩草泛绿的山坡走过。她们越过山梁飘然而去，人影虽然不见了，悠扬的歌声仍回环往复。原来是又一支类似的队伍出现了，她们行走在另一处山坡上，歌声及韵调一如前者。她们的衣着颜色灰暗，甚至有些破旧，但春风拂动着她们的裙摆，看上去翩然若仙。

接连几天我都见到如此的情形，好奇之余又十分纳闷。向藏族朋友打问，才知道她们是去田里耕作的农妇，她们的田块就在山梁那边。那她们缘何边走边唱，唱的又是什么曲子呢？

唱的是古老经语。需要翻译吗？汉语里也许没有合适的词语——姑且叫"虫子苏醒歌"吧。

"虫子苏醒歌"，真让人心头一震。她们用歌声唤醒草丛里蛰伏的虫子，告诉它们春天来了；她们列队依次前行，为的是尽量避免踩踏到脚下的虫子。

对我来说，这样的歌声如今已是十分熟悉了。这歌声充满温情，优美自然。在这样的歌声里，我们会听到生命的萌动，青春的勃发和丰收的喜悦。那不是兴之所至信口而歌，而是对生命的爱抚与礼赞。一些不知名的虫子，无一例外是大地母亲呈现给我们的礼物——即便算不得什么好礼物，也绝不是多余的。这个世界上从来没有多余之物，哪怕一只小小的甲虫，也是经历了亿万年含辛茹苦的演进才抵达完美。

秋天的田野里，同样会听到妇女们的歌声。

她们站成一排收割青稞，此时的歌声却是多声部的合唱，简洁，嘹亮，仿佛只是错综的劳动号子。虽然她们的歌声不怎么连贯，却同样是此起彼伏，连绵不绝。仔细观察就会看到，她们将一捆青稞扎起来的时候，会将青稞束举在头顶用力甩上几圈，此时便伴随着那样的歌声。那情景如同老人们摇动嘛呢经筒，同时念诵着六字真言一样。青稞束在阳光下飞旋，不少穗子甩了出去，散落在收割后潮湿的土地上。

起初看到那样的情景，我暗自感慨她们的劳作可真是粗放，糟蹋了不少粮食。经藏族朋友介绍才知道，她们却是有意为之，目的是留下一部分穗子，做鸟儿们越冬的粮食。因而也明白了女人们的歌声是告诉鸟儿：看啊，这些都留给你们了，别怕那漫长的冬季！

对弱者的怜悯演化为一种习俗，表现得如此自然，不带一丝施舍者的傲慢。

"劝君莫打枝头鸟，子在巢中望母归"，这是妇孺皆知的一句古老劝诫。在青藏高原，在普通百姓的日常生活中，这样的信条依然鲜活而生动。

庄子说："天地与我并生，而万物与我为一。"这不仅是他的理想，也是他所洞见的一个事实。如果我们脚下的一只甲虫不存在，那么人类也不会存在，因为它与我们一同繁衍生息，经历了艰难而又漫长的演进历史。作为定居羚城二十多年的居民，我觉得自己是荣幸的——我的荣幸是能够跟当地人一样，学会了平等看待那些弱小生物，与它们分享生命的珍奇与艰辛、神圣与美丽。

与羚为伴

合作市本来叫黑措，意思是羚羊生息之地，后来按字音顺势改为合作，字意虽好，毕竟打着时代的烙印，还不如叫羚城好些。作为合作人，希望这地方永远与羚羊有关，跟草原有关，不会随着人口的增加和楼房的攀高，就割断了与大自然的联系。

如今，任何一座城市都可能比合作市大得多，也现代化得多，但像合作这样的小城，确实已经很少了。它的广场上虽然是人工种植的草坪，但城市四周依然是天然草地，金露梅和馒头花热烈地盛开着。还有草原上的百灵鸟，从草丛间倏然飞起，嘀哩哩嘀哩哩地升向云端。头顶上依然是蓝天白云，微风吹过，空气里满是涩涩的青草味和甜淡的花香。清洁的空气和乡间别墅般的宁静，这些被大城市的人视为奢侈的东西，在合作却是再普通不过了。

甘南藏族自治州成立之前，合作市还是一片空旷的草地。它地处南北狭长的草原盆地，四周群山环绕，央曲河自南向北流过，接纳东西四沟溪水，被称为"金盆养鱼"的风水宝地。千百年来，这里的苍茫天际下，是羚羊和其他野生动物栖息的乐园。建州前夕，北部山脚下仅有一座小小的藏传佛教寺院，留居附近的数十家商户在凄风苦雨中惨淡经营，勉强生存。1956年，州府从夏河迁移至此，唤醒了这片沉睡的土地，赋予它旺盛的生命活力，使之成为草原牧人与来自五湖四海的有志之士并肩奋斗的一片热土。

我见过一幅黑措的老照片，那是1963年自治州成立十周年时，当地仅有的一家照相馆拍摄的景象：偌大的沼泽草滩上，布满了建筑用料——圆木、石料和沙子，十多幢砖瓦房和两幢二层青砖楼房正在建设当中，此外便是刚开垦的土地，有些地块里盛开着金色的油菜花。那就是如今作为自治州政治、经济、文化中心的合作市的雏形，也就是说，在这东经102° 25′、北纬34° 59′，几乎在祖国版图的中心位置，从此便突兀崛起一座明珠般的草原新城。

半个世纪过去，这里已奇迹般出现了高楼林立、街衢纵横、绿树成荫的草原新城，曾奔驰嬉戏于荒原的羚羊成为草原城中心广场上的标志性雕塑。远的不说，现在我住的地方，30年前还是一片灌木林子。

那时我从乡下来合作求学，大一点的同学总是领了女友躲进去，找也找不见。如今这里已是一片楼房，空地上还保留着一些树桩。我住在一楼，有时会冒出奇异的想法：床下或者客厅里，会不会突然就长出绿绿的杨树呢？而屋顶上确是长了树苗的，杨柳白絮随风飘来，在楼顶上扎了根，春天一到，嫩嫩的枝条就在蓝天上摇曳。合作市的居民来自全州农、牧、林区的7个县，是个新组建起来的大家庭，几十年来，大家一道建设共同的家园，兄弟民族情同手足。走在合作的街道上，看到牧民和农民截然不同的穿戴，听到这样那样不同的方言，其中蕴含着传统文化的丰富与多元，以及不同观念的碰撞与交融。

　　合作人喜欢视自己为羚羊的同类，是大自然的一部分。他们常常会穿过街道走向郊外的草地，去那山坡上捡草莓、拾蘑菇。

　　有次我遇见一群放牧的女孩子，叽叽喳喳忙碌着，在草地上挖了锅灶，生了火，和了面，还从山坡上揪来野葱花当佐料。我举起相机，她们一个个用手背掩住红红的脸蛋，嘻嘻地笑着。当她们揪在锅里的面片熟了的时候，却热情地拉我去品尝。

　　无风的天气里，无论是坐在东边的山坡，还是西边的山坡，都能看到一些奇异的景象：蓬松的云朵就那样突兀地悬浮在眼前，与我们的视线齐平，近得几乎伸手就可以摸到。人就不由得恍然漂浮起来，感觉与那云朵一样纯净了。月明星稀的晚上，我们可以听见梦呓般的狗吠，汪——汪——汪，感觉到牧场的空阔与辽远；黎明时还有鸡鸣，喔——喔——喔，又恍若置身于某个山脚下的村子。这样的感觉，城里人是需要花费时间、花费金钱去遥远的地方寻找的。

　　在西郊的山谷里，我曾看见过羊群般的鹰鹫，它们神态高贵而肃穆，参加一位不知名的藏族老人的遗体告别仪式。人们将剩余的骨渣从草丛里拣起来，烧成灰，拌在红泥中，用模子脱成带有佛像的擦擦，放进高地上的小房子里。人的一生，清清白白来，彻彻底底走，就这样不留任何痕迹。就连那些神奇的大鸟，也在平日里隐去了它们的踪迹，谁也不知道它们从哪儿来，又到哪儿去。

　　羚羊对环境是敏感的，不喜欢拥挤和嘈杂，它们矫健的身影总是与大自然融为一体，切身感知着清风雨露和季节的冷暖。人来了，羚羊走了，但合作人把它们塑成洁白的雕塑，安置于市区的中心。那是一幅充满了温馨的画面：警觉的公羚羊抬头审视着远方，温顺的母羚羊依偎着它埋首吃草，而小羚羊安然蜷卧于它们的足下。显然，可爱的羚羊依然在合作人的梦里奔跑，他们并不认为自己和羚羊已经分开了。

　　也许，这就是人类与大自然相连接的最好方式。在藏族传说中，有位博学的出家人遇雨而不撑伞，别人很不理解，他就解释说，雨是连接天地的桥梁，人为什么要有意断开这样的连接呢？合作人怕嘈杂、怕拥挤，喜欢恬淡与适意，永远不想断开与大自然的连接，这可以称为"诗意的栖居"吧。

　　不可否认的是，甘南的确已成为诗人的摇篮，几十年来，他们一代接一代，一茬接一茬，用深情的歌喉吟咏着自己的家乡。已故知名藏族诗人丹真贡布先生，曾将合作人喻为羚羊，在题为《羚之街》的诗中他如此写道：

> 羚们从沮洳中辟一方净土
> 修造起最初的小巧木楼
> 荒原上出现了一条街道
> 羚之街——听来有多么温柔

吟唱生命的和谐

九层楼是一座石头碉楼，全称是合作米拉日巴九层佛阁。在羚城北郊，这座矗立于僧舍和民房间的棕色圣殿看上去鹤立鸡群，使远道而来的人们第一眼就能看到并发出惊叹。

有人说这是一座"飞来殿"，理由是11世纪中叶它就出现在西藏山南的洛扎，是米拉日巴年轻时亲手建成的。飞来的说法，多出现在汉文杜撰的故事里。仔细想想，从喜马拉雅山脚"飞"到青藏高原东北部的甘南，不但距离遥远，问题是需要汇聚多少形而上的神力，才能略微减轻这座石头建筑的分量？

这座高耸而厚实的碉楼被涂为棕色，在四周林立的白塔

阿尼念卿山下的羚城合作市

映衬下，可以称得上巍峨和庄严。有时我坐在对面绿草覆盖的山坡上，看到湛蓝的天穹之下，九层佛阁金顶之上真有祥云缭绕。

米拉日巴是配得上这些的。人们说他是雪域大地上真正修成正果的人，提起他的名号，淳朴的信徒们会情不自禁脱帽俯首，双手加额。我无帽可脱，走进佛阁门槛时放下的可能只是无知和浅薄，还有由此而形成的傲慢与偏见。这座佛殿里供奉着一千多尊米拉日巴的塑像，那些绿色塑像一律右手置于耳后，神情专注地吟唱着道歌。

一双赤足，一根藤杖，米拉日巴穿越雪山和草地，一路向我们走来。在晦暗的11世纪，他是足迹遍布雪域大地的吟游诗人，长发飘逸的额头上，戴着民众为他编织的桂冠。

米拉日巴家在后藏恭塘，他七岁时父亲患病身亡，家产全被伯父姑母霸占。母亲便寄希望于天资聪颖的儿子，指望他将来有出息，可以夺回失去的一切。米拉日巴长大后专门学会了黑巫术，先是在伯父家为儿子举行婚礼时放咒使房屋倒塌，夺去三十多人的性命；后来又在田黄之际作法降雹，使村人的庄稼颗粒无收。然而对米拉日巴来说，复仇的快感并未维持太久，随之而来的是无尽的悔恨与自责——无论是自己所为还是适逢天灾，对于本就生存不易的村民来说实在是过于悲惨了。于是他选择了世间最为宽广的大道，那条道的入口写着慈悲和宽恕，出口通向人的觉悟和最终解脱。

他来到了喜马拉雅山南麓的洛扎，投奔在玛尔巴译师门下。玛尔巴曾多次翻越雪山赴印度和尼泊尔求学，不仅是同道公认的大译师，民间也确信他完全可以充当佛陀的代言人。于是从见面那一刻起，米拉日巴将身心命运全部交付于他，只是一开始那上师不仅脾气暴躁，而且似乎也不打算传给他有用的东西，让他吃尽苦头。上师只是命他建造一些莫名其妙的石头碉房，建了拆、拆了又建，好在他绝对服从，甘心做那毫无意义的苦力。

据史料记载，米拉日巴至少受命建造过四种样式的石头碉房。第一次上师带他到东山，指给他一块平整地方说：在这儿建一座圆形石头房吧。一年后上师前去查看，指着进行到一半的工程说，你这是做什么？难道是我吩咐的吗？马上拆掉，石头和沙土搬回原处！他遵命拆除了石墙，将石头和沙土一一运回原处。接下来，上师让他在西山建一座半月形碉房，建到一半上师又故技重演，说当初他喝醉了，考虑不周，命他赶快拆除，石头和沙土搬回原处。第三次是让他在北山建一座三角形石头房，建到三分之一时又勒令停工，说他不记得有过如此的决定。米拉日巴只得拆掉精心垒砌的石墙，将大小石块一一送回原处。最后，上师带他到谷地中间

安多合作米拉日巴九层佛阁

一处风光秀美之地，叮嘱道：在这儿建一座四方的碉楼吧，高九层。上师保证说，这次我不再食言，你也无须担心建了一半又要拆除，放心去干吧。

九层碉楼，在当时可谓摩天大厦吧，但是米拉日巴没有犹豫，也没有对自己的体力和耐力产生怀疑，即刻投入了没日没夜的苦役。

然而上师总会找到折磨他的新花样。碉楼建到第二层时上师前往视察，指着墙基一块巨石问道：怎么回事？这块石头看上去不一样，你从哪儿弄来的？米拉日巴如实相告：在他开始砌筑墙基时，几个师兄过来玩耍，他们从高处滚落下来一块巨石，他觉得正好可以利用，就搬过来砌到墙基里了。上师听了大为光火：饱读经书的师兄是你可以使役的奴仆吗？马上把它送回原处！米拉日巴委屈地说，您不是保证过再也不拆了吗？上师吼道：谁让你拆了？我让你把并非亲手搬来的那块石头拿开，送回原处去！可是不拆墙怎能取出底下的石头呢？他只好从顶部拆起，一直拆到地基，取出那块石头。等他将巨石搬回原处，跟在后面的上师又说：好了，现在你可以把它搬回去，稳妥地放在墙基里了。

寒来暑往，四季轮转，大地由绿变黄又由黄变绿，喜马拉雅雪峰如同一位白头老者，悲悯地俯视着苦难人世。九层碉楼最终建成之日，上师举行了一个庄严隆重的仪式，将米拉日巴叫到身边，当着众师兄的面郑重宣布道：今天是个值得欢庆的日子——修建石头碉楼所流的汗水，已清洗了你的深重罪业，如今机缘成熟，我正式接受你为我的心传弟子！

实际的情形是，上师起初就喜欢上了他，只是从未表露心迹。看着米拉日巴每天搬运石头，刚刚结痂的脊梁又被磨破，身上到处是难以愈合的疮口，脓血并流，上师常常背地里为之流泪，当面待他仍像个凶神恶煞。我们在敬佩上师良苦用心的同时，也惊叹米拉日巴的坚韧和耐力——从某种意义上说，希腊神话里那个推动巨石上山的人永远是个悲剧，因为他一次又一次地重复，体验到的是没有止息的惩罚；而米拉日巴验证了人的肉体和精神所能达到的极限，他的灵魂同时成长壮大，最终完成了对现实苦难的超越。

多年后，米拉日巴走出了他修行的岩洞，从雪山上走了下来。他手拄藤杖，拍打着两片赤足，走向弥漫着人间烟火的村落。他完成了自我救赎，如同蛾子从蛹壳里飞出，实现了华丽的蜕变。他走向大众，为水深火热中的人们送去佛陀的抚慰和启示。从此，喜马拉雅山下广大的城镇和乡村，随处都会听到他嗓音洪亮、唱词优美的道歌：

> 陷于恩怨的争斗是多么无知啊，
>
> 爱恨情仇，不过是冰凌般脆弱的花瓣；

禅定寺的僧人在搬运藏文经典

　　对物质幻象的迷恋是何等愚痴啊，

　　自性圆满，才是人生稀有的珍宝……

　　如今，这座九层佛阁是兼容了藏传佛教各个宗派、消除了门户之见的一座开放型佛殿，值守佛殿的喇嘛们对此会津津乐道，而我们直观所见的，只是那些宁玛派、萨迦派、噶举派、噶丹派以及格鲁派开山祖师们的塑像，神情和蔼地端坐在那里，平等享受着香火的供奉。

　　九层佛阁各层之间的佛龛里，供奉着上千尊米拉日巴的塑像，一律通体绿色，一律神情专注地吟唱着道歌。一千多位米拉日巴的同声合唱，该是怎样的热烈与悲壮？

　　侧耳倾听，吟唱和谐生命的歌声潮水般漫过青藏。

第五章

秘境履痕

　　20世纪20年代，美籍奥地利植物学家兼探险家约瑟夫·洛克代表美国《国家地理》杂志，在甘南卓尼、迭部一带进行了长达数年的科学考察。他感慨道："我平生未见如此绮丽的景色。如果《创世记》的作者曾看见迭部的美景，将会把亚当和夏娃的诞生地放在这里。"

　　作家雷达先生在写长篇散文《天上的扎尕那》时说："我的心是多么矛盾：我写文章，希望人们知道扎尕那的美，但我深知，一旦知道的人一多，蜂拥而至，它立刻就会变色变味。"

　　在这里，时间的脚步依然轻柔，不会惊落草尖的露珠。水流带动石磨顺时针旋转，悠长的时光与千万条河流同在。年老的牧人面带微笑，步履从容地行走着，只是绕一座山，一片湖，或者仅仅是一块奇异的岩石，一棵苍老的大树。时光酿造的美酒甘洌醇厚，让人在清醒里沉醉，在沉醉中感受大自然的脉动与呼吸。

树枝上的苔藓

甘南电视台准备拍摄一个森林资源的专题片，要我帮忙采写脚本。于是我和电视台的朋友们背着帐篷和干粮，进入卓尼大峪沟的纵深部分阿角沟。

由于峡谷幽深、滩险水急，自古以来，只有梅花鹿和岩羊可以踩着崎岖小道，通往人所不知的神秘之境，而人类的脚步和车轮只能徘徊于山外。

这里是自然动植物的王国，乃至原始生态的一个样本。

阿角沟地势南高北低，南端最高山峰海拔4900多米，北部洮河之畔只有2300多米，以阿角沟口为界，南部深度切割，山峰玉笋般林立，岩壁屏风般排列。峡谷幽深，总是别有洞天；河水激越，飞溅着来自天上的琼浆。

这里四季气温变幅较大，最高气温可达25℃，而最低气温往往在零下25℃。由于山地高差悬殊，气候垂直差异也比较明显。如此的气候特点，赋予了这方水土慷慨丰饶的品格，使动植物的多样性成为必然。

一进入阿角沟的原始森林，随处可见泉流纵横，由小溪汇集成丰沛的河流，到处是鱼翔浅底、麝鹿啜饮的景象。林麝、梅花鹿、雪豹、云豹等，这些都是国家一级重点保护动物。还有马鹿、岩羊、蓝马鸡等多种国家重点保护动物。

　　茂密的森林以亚高山针叶林为主，它们是冷杉、云杉、白桦，也有柏木、檀香木等珍贵树种。而一种毛茸茸的落叶松树种，由于没有专家予以鉴别，谁也叫不上它的名字，人们就以它近似于波斯猫的形象，称之为波斯落叶松。它看上去亭亭玉立，一派温柔风韵，骨子里却孤傲得很，偏好生长于峭壁和岩石之上，在山风中飞扬它超然的舞姿，于清晨或黄昏的松涛中，加入它欢快而清越的歌喉。如果说阿角沟是藏在深山人未识的仙女，那么这种超凡脱俗的树种，便是这位仙女掩藏于怀中的珍奇。

　　人类足迹所到之处，美丽的景色正在消失，珍稀的动植物物种正在加速灭绝。而这里，人类足迹很少涉及的阿角沟，它的浑厚与壮美，它的安详与宁静，无疑就是传说中的世外桃源。在这里，我们应该张大了眼睛，尽情地观看；应该张大了鼻孔，尽情地呼吸；同时也应该竖起两耳，倾听来自它深处的天籁之音。

　　秋天的林莽，更像是打翻了颜料瓶的世界。有人会问：是谁把浓绿泼洒在冷杉、云杉上，把金黄色泼洒在落叶松、桦树上，而把火红的颜色泼洒在火棘和山白杨上？我们说，是大自然，哦，不，应该是那位名叫阿角的仙女，她就是一位神奇的调色大师，而且充满了才情，有着惊人的创造力和想象力，给我们的视觉带来一浪接一浪的喜悦。

还有那些果实，那些大大小小的果实，黄的红的紫的果实，自然地跌落，成为传宗接代的种子，或者成为鸟儿的冬粮。这种良性的循环，这种和谐的循环，保证了这片天地原初的丰厚与富足，孕育了大森林旺盛的生命力。

在这里，就连河流都涂抹着色彩。你能说这浅浅的水流没有颜色？不，游动的石花鱼，五色的沙子，乃至树枝树叶，就是它的颜色；而且，这种清澈的颜色，足以化解掉我们心中日常的积郁和烦闷。随着水流渐渐加深，它的颜色也渐渐加深，依次成为绿色、琥珀色、蓝色，最后似乎要凝结成宝石的色彩，与幽深的苍穹遥相呼应。

而在已被开发为旅游景区的大峪沟，也就是阿角沟的下段，已经很少见到这样丰富的天然色彩。它们纯净而明亮，端庄又祥和，让我们重温人类童年的温馨。

在艳阳升空的夏日，天空碧蓝，树木翠绿，蓬松如棉的雾气越过树梢升天而去，给人一种错觉，觉得那不是雾气上升，而是苍翠的山林带着人在缓缓沉向谷底，沉到那四季如春的、梦幻般的世界。

深入丛林，脚下总是黄绿色的苔藓，点缀着雪白的蘑菇，松软如同海绵，脚被陷进去，人刚刚走过，它又弹起来恢复原状。如果你有兴趣，就坐下来，把手探进那苔藓里面，抓一把泥土出来，你会发现那泥土是黑的、热的、油漉漉的，带着大地母亲的温暖和芳香。在林中穿行，这儿那儿会有半截古老的树桩，披着厚厚的青苔，恰似一个个龙钟的老者，迎接你远道而来。你会突然想到某些关于精灵的故事，心想，那些树，那些年龄达数百年、上千年的树，在没有人的时候，也许会摇身一变成为顽皮的树精，孩子般聚在一起打闹不休；而发现有人走来，它们立刻原地站立不动，变得一本正经了。

只要我们愿意停留片刻，并且用心倾听，就会发现小草也是会唱歌的，就会发现河流中的每一滴水，都会发出自己欢快的歌声。还有蚊虫的吟唱，松塔跌落的声音，荚果摇响它的铃儿，露水掉落，呲的一声渗入土壤；还有清风掠过树梢，汩汩的清泉从地底涌出；也许还有一只水獭，蹑手蹑脚从小溪边走过……宏大的，微小的，天籁般的乐曲，那些难以名状的声音，总会让我们莫名地激动。

在这里，我们即便采摘一只小小的蘑菇，也会立刻想到，它是大自然千年腐殖质所化，千万年清冽甘美的精气凝成，我们将学会珍惜，希望它与大森林长在，陪伴着我们的子孙后代，直到永远。

大峪沟是阿角沟的入口。如今看起来仅仅是自然风光的大峪沟，其实也闪耀着藏文化的文明光华。

"大峪"二字，在藏语中指的是语法、正字。

据说800多年前，有位学问通达、德行高妙的高僧，一边化缘，一边云游四方，虽然年龄达到100岁了，看上去却精神矍铄，脚步轻捷，因为他希望找到一处美丽宁静的地方，完成已经打好腹稿的学术著作。他一路打听，来到此地，发现这儿气候适宜，河水甘冽，树木花草都散发着芳香，飞禽走兽都具有灵性，他非常欢喜，觉得这里就是自己苦苦寻找的理想境地。于是他留居下来，一边修行念佛，一边开始著书立说，直至圆寂前，他终于完成了那部重要的藏文典籍《正字法》，至今流传于青藏高原的寺庙和民间。

如今我们已经无法考证，那位著书立说的高僧居住过的地方，是否就是那座名叫旗布寺的山中寺院。通常来说，寺院多建于人口集中的名胜之地，但旗布寺藏于深山，很少为外人所知。这座拥有800年历史的古老寺院，四周丛林幽深，草木茂密，更有百鸟和鸣，溪流低吟，不愧是参禅悟道的好去处。虽然它的香火并不怎么旺盛，甚至有点冷落，僧侣的衣食基本依靠家人提供，但他们个个与那古代的喇嘛一样，自以为到了最好的修行之地，潜心于持戒念佛，埋首于青灯黄卷，真正做到了远离红尘，断灭杂念，目光超然物外，笑容宁静而淡然……

如今，当环保已经成为迫在眉睫的问题，珍稀的动植物物种加快灭绝速度的时候，我们才恍然大悟：这是大自然为我们保留的原生态的标本之一。它告诉我们，未经人为破坏的自然是什么样子，以及我们应该如何去收拾毁坏的山河。

给我感触最深的是在老龙沟，是一截带有苔藓的树枝的故事。

迭部县举办"相约腊子口"采风活动，邀请了许多知名作家和诗人，我有幸与仰慕已久的杨显惠先生见面。他一头青白卷发，眉毛浓重目光沉静，身旁的人们嬉笑无度时他也处之泰然，颇具长者风范。

在云雾缭绕的老龙沟，我正在拍风景，偶尔回头，看见杨显惠也在替人拍照。沙沙细雨中，他两脚泥巴，单膝着地跪在那里！在那伙人里他是最年长的，可是在人家煞有介事摆着姿势时，他跪在泥泞的路面上为他们拍照。是认真？敬业？或许有着那样的因素，但我觉得应该有另一种诠释：那是他做人和为文的基本姿态。

从2006年春天开始，居住天津的杨显惠每年数次进入甘南，借住在迭部沟藏族群众的榻板房里。他时而在村落的小路上走过，与放牛的或扛着农具的村民打个招呼，时而与一些闲散老人蹲在路边，抽烟聊天。他的坦诚会很快化解人们的戒备，他们热情邀他去家里做客，在火塘边、热炕上一边喝茶，一边聊天，为他讲述村里和家里的鸡零狗碎。他已年逾花甲，据说还患着严重的冠心病，心脏用了好几个支架才能够使其正常工作，因而有时不得不中断他的采访，急忙赶去兰州治疗并稍事休息。

在老龙沟一座跨越溪流的木桥上，我还看到一大片原生态的苔藓。那黄绿色的神奇植物组成一幅华贵的壁毯，从雾气蒸腾的树丛间垂挂下来。

苔藓蓬松而鲜嫩，覆盖着石头、树枝，使它们变得浑圆、隆起，透明的溪水在其间流淌。

它斑斓的色彩，它温润的质感，它与溪水的喃喃絮语，似乎曾经出现在我的梦中，温暖而亲切。自然的怀抱如同母亲，无论色彩还是声音，都是生命的一曲赞歌。

那是大地张开的肺叶，有如鱼类的鳃。只是我们早已远离了如此的纯粹与真实。此时此刻，我只想掏出我的心，和它摆放在一起，表达我的感动和喜悦。

我拉住那些刚刚认识的和依旧不认识的同伴，站在木桥上拍照留念。我希望他们带走照片的同时，也带走迭山林区如此特别的问候和祝福。这一方苔藓也许会装点他们苍白的墙壁，或为他们被"流派"和"主义"占据已久的写字台增添一分生机。

后来才知道，旅游车得以上山的便道，竟是当年拉运木材的载重卡车通行之路。

同时我也从照相机镜头中看到，一些磨盘大小的树桩，正在被生长起来的次生林遮盖。

还有人私下介绍，当年采伐的时候，一截木材可以装满车厢，整棵树需要七八辆东风车才能运出去。

油锯在肆无忌惮地尖叫，参天大树轰然倒下，树枝树叶凌空飞散，惨白的树权上，涌出一股股无助的泪水……

谁在撕扯大地母亲的衣衫，使她褴褛不堪，屈辱不堪？好在那一幕景象终于结束。人性的贪婪难以自抑，利益的诱惑让人无耻。原始森林的劫难终于过去，林业工人放下了手中的利器，捡起培育树苗的铲子和锄头。树木不会说话，树木也无须感恩，而我们应该代为大声呼喊：谢天谢地，谢天谢地！

感谢"天保工程"，让迭山林区的子孙后代得以庇荫，也让前来造访的人们一睹大自然圣洁的面容，留下如我的惊喜与感动。

老龙沟是雾的故乡。大雾会不期而至，几步之遥就看不

扎尕那山下取水的女人

清同伴的面目，一个个飘洒如仙。雾气拂动着衣襟，抚摸着脸颊，温情脉脉。水汽在眼前飞舞，大自然的无数精灵，似乎也在欢呼雀跃。

忽然闻到一种奇怪的气味，隐隐约约，令人恍惚。我问身边的同伴，闻到雾的气味了吗？同伴说，闻到了，像硫黄。他又噏着鼻子嗅了嗅，开玩笑道，呵，天堂原来是这种味道。

同行的一位当地人听了哈哈大笑，说，什么天堂的气味，是林场工人在放药灭虫呢。他介绍说，工人看到哪儿起雾，就急忙赶到哪儿，在雾中喷洒药物，雾升起后就带走药物，飘荡在森林树丛间，杀灭树上的害虫。

我们看到了林间起雾的壮观景象。

我们站在一处高地俯视。山坳里如同野火生烟，一团团的雾气拔地而起，由小到大，扩展蔓延，然后翻卷升腾，越过灌丛，掠过树梢，成为洁白蓬松的云雾。

我们虽然看不见雾中的人影，但可以想象，工人们不停地奔向一处处起雾地点，忙碌地喷洒着药物。

科技的突飞猛进带给我们实惠和便利，也使我们迷失。

有人预言，在不久的将来，人可能会与机器人谈婚论嫁。这似乎是无稽之谈，但也不能断定它就是一句妄语。人离弃了自然，内心柔软的部分日渐坚硬，人性中美好的东西在不留意间渐渐蒸发，而机器人则不断智能化，与人的差异日渐缩小。当我们从科幻电影中看到人与机器人并肩作战，厮杀于没有一株绿色植物的星球上时，我们的隐忧就会突然浮现出来，也会强烈意识到保护任何一株植物的必要性。

由盲目砍伐到科学育林，这是迭部林区近十年间发生的巨变。

下山途中，我们看到了两三位林业工人，穿着雨衣雨靴，正在湿漉漉的林间空地上埋头整理着喷药器具。我们曾经诅咒过他们，憎恶他们的无情和野蛮，而如今，看着他们辛劳的背影，心中油然升起的却是感激和敬意。

上车的时候，有位内地女作家拿一段潮湿的树枝，一副遗憾的神情。我问：打算做根雕吗？她笑着摇摇头，指着树枝上附着的一朵苔藓说：看看多鲜嫩，可是……带回去怕是要枯了。

是的，苔藓虽然只是一种低等植物，但它是高贵的，对环境绝不会降格以求，更不会像人一样选择放弃或者变通。它对湿度、光线和大气的质量尤其敏感，不要说带到她所在的大城市，怕是半道上就已经枯萎了。

那位女士犹豫再三，最后还是回到路边，把它轻轻放到树下。

　　我想，虽然她未能带走哪怕一丁点儿绿色，但她一定会记住迭部，记住老龙沟，那儿依然保留着世界上最美、最可贵的生态标本。

曾经的伊甸园

　　扎尕那是藏语，意思是石箱子。天底下哪有如此巨大的石箱子呢？我们不如说它是一座天然的石头城堡，它超凡脱俗，卓尔不群，巍然屹立在洮河与白龙江之间的群山中。千百年来，它静静伫立于皑皑白雪与碧蓝天空相交的天际，独自陪伴着周而复始的日月星辰，任凭多姿多彩的季节把它装扮。在外人眼里它是那么缥缈，那么神气，又是那么遥不可及。清代有位诗人从洮州登高远望，只能让思绪的翅膀飞越千山万水："迭山南望白无边，雪积遥峰远接天。"

　　如果诗人们能够亲临其境，会不会觉得已经置身于纯净永恒的神话世界？会不会认为这些耸入云端的山峰就是青铜和白银打造的宫殿，居住着潇洒的王子和骄傲的公主？而在黎明或者黄昏再看，会不会又觉得它们就是格萨尔王和他的将士们，把高大巍峨的身影留在了历史的天幕？

　　自古以来，它深藏于终年积雪皑皑的迭山南麓，由于它平均4000米的海拔高度和远离着村镇人群，几乎与世隔绝。

据当地传说，他们的祖先是逃难逃到这个"石箱子"里来的，不但觉得居住在这里安然无恙，而且仿佛进入了理想中的香巴拉王国。于是，他们开始牧牛养羊，垦荒种植，一应生活所需自给自足，过上了田园牧歌的平静生活，可谓黄发垂髫，怡然自得。

这座石头城堡的南部有道天然"城门"，是唯一进入城堡的通道；门外是一条南北走向、长达10里的峡谷，由雪山南麓发源的益哇河从中激荡而过，岩壁对峙，森林莽然，形成一道天然屏障，可谓一夫当关、万夫莫开。

1925年春天，约瑟夫·洛克受美国《国家地理》杂志委托，在甘南卓尼、迭部一带进行了长时间的科学考察和探险寻访活动。在当地山民带领下，他来到这片很少有外人涉足的神秘土地。他在日记中这样写道：

"靠山边栖息着一座寺院叫拉桑寺，在它下面是迭部人的村庄，房子挨着房子，还有小麦和青稞的梯田。这里的峡谷由千百条重重叠叠的山谷组成，这些横向的山谷孕育着无人知晓的广袤森林，就像伊甸园一样。""迭部是如此令人惊叹，如果不把这绝佳的地方拍摄下来，我会感到是一种罪恶。"

历史的脚步进入21世纪初，一条连接迭部县城和自治州州府合作市的柏油马路贯穿扎尕那，自此，曾经的天堑成为通途。千百年来隐藏在白云和浓雾深处的山峰，仿佛走出深闺

迭山深处的牧场

的新娘，终于露出她让世人感叹的惊世芳容。

扎尕那的山峰毕竟根扎于现实的土地上。它位于甘南藏族自治州南部、迭部县西北28公里处。如今的扎尕那村，再也不是人们避难的所在，而是迭部县益哇乡的一个行政村。村民们如今的生活，已经与山外的世界息息相关。

古老经典中记载的香巴拉净土，文人们想象出来的桃花源胜地，虽然充满温情甚至完美无缺，但日月如梭世纪更迭，它们依然只是保留在我们的梦中。扎尕那的村民们已经让自己的脚步踏在现实的土地上，仿照着香巴拉净土的模式，用自己勤劳的双手创造着幸福美好的生活。如此现实的工程虽然艰苦，而且耗费时日，但它可以一步一个脚印，终究能够触手可及。甘南建州半个多世纪以来，扎尕那村不断发生着变化，村民们的身上不再是厚重的褐子和羊皮，碗里不再上顿下顿都是糌粑，不知不觉中，他们感知着时代的节奏，也在有意无意中感知着世界的脉搏。他们在享受着现代文明所创造的一切成果的同时，依然保留着与大自然最亲密的接触，他们的身上、脸上乃至性格中无一不打着山的烙印；而那些缄口不语的山峰所展示的，正是山民们沉稳的气质和永不低头的精神。

扎尕那，曾经是被喧闹世界所遗忘的一隅宁静，是从炎热大地上耸入碧空的一片清凉。李白在《梦游天姥吟留别》中如此赞叹："天姥连天向天横，势拔五岳掩赤城。天台四万八千丈，对此欲倒东南倾。"

那只是诗人在描写他的梦境。那么对于扎尕那，我们如何来形容它兼备着真实与缥缈的神韵？

扎尕那虽然不是天堂，但它距离天堂只有一步。

对于扎尕那，我们既祝福它的发展与变化，同时也希望它永远保留着原初的纯真。

然而我不敢确定，扎尕那人的幸运能否延续长久，他们会不会因为旅游业的开发而迷失了自己——随着交通的改善和内地游客的大量涌入，率先让脑筋"活"起来的村民们已经在自家场院里兴建砖混结构的宾馆和饭店，到处在大兴土木，清一色榻板屋的村子格局已经被打破。为了争夺吃饭和居住的游客，曾经兄弟般亲密无间的邻里也时而发生口角，招致不快；而那些目光纯净的孩子也会跟在游客身后，希望有人将他们作为拍摄的"道具"，从而得到一些垃圾食品或几张零币的施舍。

山中精灵

香拉村三四十户人家的木板屋隐藏在茂密的云杉和白桦中。20世纪50年代，那儿最干燥的阳坡也覆盖着一丛丛墨绿色的刺柏。村前是一条打转双轮磨的河流，溯河穿过幽深的森林，就能看到一弯明月似的圣湖，水面映照着纯净的蓝天白云。

那时，香拉村的天空除了掠过各样珍禽的翅膀，老人们还说，有一匹神奇的金马驹，也会在黎明的晨光里往来疾驰。有老人信誓旦旦地说，他亲眼看见过那尊贵的马驹从头顶一闪而过，顺着香拉村的山势地脉奔跑撒欢。那是怎样的马驹呢？两肋长着翅膀吗？会飞的马不一定都长着翅膀，它是神物呢，身后溅起一道金色的粉尘，你就是来不及仰头去看，也听得见哒哒哒哒的蹄声，如同林间好多啄木鸟在忙活。

我在香拉村一位老人家里留宿一夜，为的是在闲谈中捕获那美丽故事的更多细节。那烟熏火燎的老式板屋虽然简陋，光线也不怎么好，我却感到回家般的温暖与舒适。屋子外壁全由石块砌成，人字形的屋顶覆以木板，鸟儿羽毛似的一层压着一层，在阳光和雨水中变成青灰色。屋子后边是栅栏围起来的园子，种着些普通蔬菜，吃不了的就由着它们长老，开了黄的和白的花，菜园于是也成为花园，野蜂蝴蝶就在那里飞进飞出。老人们总喜欢搬个木墩儿坐在檐下，面带微笑注视着云雾缭绕的山林，似乎在盼望那尊贵的神驹有朝一日再度出现。香拉村的老人们都很长寿，在我眼里六七十岁的老爷爷老婆婆，一问实际年龄，却是八九十岁的人了，只是看上去面色红润、笑容可掬。

我了解到的故事仍是那么简单：在黎明的晨光里，一匹金马驹顺着香拉村的山势地脉奔跑撒欢，身后拖着一道金色粉尘。夜深人静时，我躺在散发着陈年烟味的板炕上，期待从屋顶的板隙里看到一闪而过的金马驹，哒哒哒哒，身后拖着金色的粉尘。我看到的只是山脊上黑黢黢的树梢，还有香拉村静得出奇的夜空，星星大而水灵，这儿两三颗那儿四五颗，而且似乎都是活的，眼看着朝我一步步逼近。我想，相信神话和传说的人们是幸福的，至少，他们的内心依然保持着亘古的平静。

而关于那传说带给香拉村的灾祸，说起来则要复杂得多。

20世纪70年代，香拉村突然开进了一支地质勘探队。那些身穿蓝布工服、头戴安全帽的人们在村口搭建了帆布帐篷，说他们要捕获金马驹，把它献给国家的建设事业。那伙人信心十足忙个不停，这儿挖壕，那儿钻探，折腾了几个月却没什么进展。他们凭借罗盘和仪器，还有各式各样瓶瓶罐罐，一整天埋头测量和化验。村里老人们只是笑而不语，因为他们看到的情形对勘探队是如此不利：勘探队在东边钻探时金马驹就出现在西边山湾，勘探队若在西边钻探，金马驹又会奔驰在东边山湾，似乎跟那些不速之客捉起了迷藏。勘探队

香拉村的传统民居

最后无功而返，临走还填埋了开挖的沟壕。

与后来发生的事相比，那只是个序曲。20世纪末，香拉村出了个非常能干的年轻人。他是听着金马驹故事长大的孩子，大学毕业分派在当地乡政府，不几年就当上了乡长。他请来省城的勘探公司，凭借先进的遥感和卫星定位技术，准确地找到了金马驹的"藏身之地"，是河流之源圣湖一侧的山谷。县里于是大张旗鼓招商引资，将香拉村沿河一带的树林夷为平地，一条宽敞公路直通圣湖边上的矿区，大型机械便轰轰隆隆开了进去。

圣湖边的茅屋居住着一位白须老人，一面隐居修行，一面看守圣湖。那老人试图阻止人们在那儿开矿，就对前去探望他的乡长说："年轻人，圣湖待在这儿千万年了，我们不能几年之内就毁了它。"年轻的乡长笑了笑，用谦和的语气道："我从小就听说过您，说您老人家住在这儿看守圣湖。今天特意前来看望，您不会不欢迎吧？"老人说："你知道你在做什么，乡长。你是在尽你的职责，谁也无法拦挡。可是我不明白，大家不赞成的事为什么要一意孤行呢？你心里很清楚，这样没遭到毁坏的地方已经不多了。"乡长脸上显露出不快，随即嘲讽道："青山绿水当然好看，可走向文明进步是时代的潮流。您眼里只有这些千年不变的石头和湖水，可是我到过许多地方，从南到北，从东到西，到处都是现代化的宫殿，比您经卷里描述的还要辉煌。尊敬的老人家，你我看到的世界是不一样的。"老人半晌无语，最后垂下眼帘说："可是你知道吗孩子，自然是脆弱的，人也一样。山被开膛剖肚，人也会生病的；环境一旦变坏，人的性情也会变坏……"

金矿的开采为地方带来巨大利益，年轻乡长后来升为副县长、县长。可圣湖的水也随之被氰化物污染，香拉村死了不少牛羊。每天清晨，老人们依然会举头仰望，只是天空里似乎再也没有金马驹出现。再后来，随着频繁的暴雨，洪水和泥石流就下来了，房屋和财产的损失不计其数。迫于压力，县里最后关闭了金矿，并致力恢复生态。

保护还是开发？有科学家如此危言耸听：地球的未来取决于中国，而中国的命运取决于最后一片原始生态青藏高原。无可讳言的是，在生存与发展的悖论中，地方百姓与开采矿主的冲突不断，矛盾总是难以调和。既然不能阻止发展的脚步，权宜之计应该是开发与保护同步进行，开发必须是讲科学、有节制的开发。

如今，香拉村金马驹的传说仍在延续。

而前不久我听到的，却是个美丽得让人忧伤的故事——

在香拉村有户人家的奶牛总不让挤奶，甚至不让人靠近它。每天清晨一开门它就夺路而逃，冲入浓雾不见了踪影；等它若无其事地安然返回，原本鼓胀的奶子却是瘪的。到底怎么回事？大家感到纳闷，于是有一天家人一路跟踪，结果就来到了晨雾弥漫的圣湖边。雌牛站在湖边哞哞低鸣，如同呼唤它的犊儿。片刻之间，霞光映红的湖面豁然分开，从中走出牛犊大小的金马驹。那肯定是曾疾驰在天空的神驹，只是如今看上去体形羸弱、脚步蹒跚，没了精气神儿。它来到奶牛跟前，奶牛伸出舌头舔舐着它，而它也以头蹭蹭奶牛的身子，然后双腿跪地去吃奶。

如今不再是产生神话和传说的时代，可香拉村仍有这样的故事传出，触动着我久已麻木的神经，也催促我去反思。

香拉村人是单纯的，甚至是天真的，单纯与天真中却保留着生存的智慧。也许他们相信，虽然香拉村的山水遭到破坏，但地脉元气尚在，需要子孙后代倍加呵护，才能永续利用。

践行一个朴素的愿望

家住林区的朋友探亲回来，带来一样家乡"土特产"。他通知我和几个朋友去茶楼相聚，人均领取一份他那"非常珍贵"的礼品。大家带着好奇如约前往，只见朋友手里拿着个黑色小布袋，抖一抖，里面沙沙作响——原来，袋子里兔子粪似的颗粒只是些采自他家乡山林的树种。大家莫名其妙，有人忍不住揶揄道：你的礼物可真够珍贵哦。

当朋友介绍了他家乡的一个奇特风俗后，我们才知道那些树种来历不凡，也明白了他的一番苦心。

朋友的老家亚日村，几乎保持着原始的风貌：年代久远的灰色板屋掩映在树木之间，除了清晨和傍晚有炊烟升起，很少有人注意到那儿会有人家。村子里至今不通公路，顺着溪流只有一条砂石小路"曲径通幽"，路边也全是树木花草，看不到裸露的泥土。若是有人傻子似的拔起一把花草，下面的泥土也是黑的，捏一把油漉漉、香喷喷，于是会不由自主把草栽回去，压实，什么事也没发生一样。

由于97岁高龄的老村长去世，朋友得到消息匆匆赶回去时，村里所有外出的人全都到齐了。根据老村长的遗嘱，大家要为他举行一个奇特的葬礼——通过这次葬礼，使中断半个世纪之久的一项习俗得到延续。老村长的遗体在"祖先歇息之地"下葬那天，全村30多户人家的大人小孩全部到场，见证了那个庄严肃穆的仪式：没有厚重的棺木，也没有层叠的寿衣，人们只给死者穿一身素洁的纯棉布衣，并在胸口放上颗粒饱满的柏树籽，然后盖上松软的泥土。

让逝者长成一棵树，这是亚日村祖辈的老规矩。他们认为人靠大地而生存，死后变成一棵树便是对大地母亲养育之恩的回报。

一个人，一棵树。可一个人的血肉之躯会变成哪种树呢？那当然是可以选择的。亚日村的男人们往往选择冷杉或柏树作为自己未来的"形象"，女人们则喜欢采集白桦、山毛桃的种子，小心地珍藏在专门缝制的小布袋里。过世后，大家会按照祖上遗风，将选定的树籽放在遗体胸口，盖上松软的泥土，埋葬在祖先的"队列"之前。第二年一开春，属于他（她）的那棵树就苗苗壮壮地长出来了。祖祖辈辈延续下来，那林木就绵延不绝，大树庇荫着小树，白桦、杨柳依偎着青松翠柏，晨风中可以听到它们的合唱，暮雨里会看见它们的舞蹈，日复一日，年复一年，陪伴着亚日村人简朴而宁静的生活。况且，亚日村人还相信祖先的灵魂就寄托在那些树上，一辈子过完了，老了，却不会因去世而彼此离开，他们永远肩并肩站在一起，相陪相伴。老人们会这样告诉孩子们：你若想见到某个先人，比如去世已久的老太爷或姥姥，只要坐在相对应的那棵树下，眯上眼睛念叨念叨，就会如愿以偿。

然而到了20世纪50年代末，上面来的驻村干部说：人真有灵魂吗？还会寄托在树上？封建迷信，荒唐！那时候老村长刚上任，年富力强，雷厉风行，立马取缔了那个风俗。半个多世纪以来，虽然没有死者再"变成树"，但以前的那些树木青翠如故，茂密如故，因为没有一个人愿意拿着斧子去面对它们。到80年代初老村长卸任那天，他将全村人召集起来，手里举起一个小布袋郑重宣布："毁在我手里的规矩就从我身上得到延续吧！"他嘱咐大家，他死后就埋在"祖先歇息之地"，在心窝里放上他选定的那些树种。

早年我看过一部叫《人类消失后的世界》的美国电影，描述当代"杞人忧天"的故事，预言了树木和鸟儿终将收复它们失去已久的家园。

人类消失几小时以后，全世界的灯光陆续熄灭；即使辉煌得无以复加的美国拉斯维加斯，也沉寂在人类发现火种以前的无尽黑暗中。半年后城市成为荒野。那些被人类驱赶、猎杀的动物全线反击，迅速夺回了失地。而树木，那些被禁锢在水泥层之下的沉默者、忍耐者，迅速占领了停车场、街道和广场。所有阳光普照的地方，植物恣意蔓延，爬藤类植物跃上了立交桥。树木的种子和根系在混凝土裂缝里膨胀，使富丽堂皇的建筑相继倒塌，成为一座座丘陵。土壤很快被重新更新，恢复了原始状态。一匹雄狮在曾经的林肯纪念像前昂首阔步，它重新成为那里的王……

如此情景，让人不得不想起《薄伽梵歌》。那是人类童年时代的歌谣。那朴素的歌谣却是如此深刻："万物都在运动，一刻也不暂停；万物被迫如此，皆由造因本性。"

在人类与自然的战争中，打败我们的，只不过是自然法则。自然之神会把我们过多占有的拿回去，重新分配给它们——那些柔弱者，那些沉默者。自然之神会用那看不见的手，重新赋予弱者应有的权利。

因而，让逝者长成一棵树，也许会改变人类的宿命。朋友说，他带来的柏树籽是老村长葬礼上剩余的，他家乡的柏树籽颗粒饱满，出苗率百分之百。他说他替自己预留了几粒，其余的大家就做个纪念吧。我们每人分得三粒，捧在手里暗光浮动，仿佛一粒粒黑珍珠。

大地之殇 ┃ 第六章

莫非人类真的错过了回避灾难的良机？在选择简朴与奢华、节制和贪欲的路口上，谁愿意停下脚步思虑再三，慎之又慎？

无论身居何处，灾难其实距离我们并不遥远。

2008年8月20日，著名的拉卜楞寺所在地夏河县城遭受暴雨和特大泥石流灾害，4人遇难。

2010年8月8日，被誉为"泉城"的舟曲县城遭受特大泥石流袭击，美丽的城市毁于一旦，1156人遇难，588人失踪，房屋财产损失难以估算。

2016年8月22日，夏河县城再次因暴雨引发泥石流，冲毁房屋37户，被誉为"世界藏学府"的拉卜楞寺围墙也被冲垮，150间僧舍宅院倒塌，400间僧舍进水。幸运的是在泥石流到来之前，城区洒合尔村防灾预警员吹响了螺号通知居民撤离，避免了人员伤亡。庆幸之余又让人难以释怀：那只历来用于村民祭祀活动的神圣螺号，灾难袭来时竟成了报警的号角。

净土甘南，诗意甘南。美丽的意象还能持续多久？

石头上的舟曲

在甘南藏区，总会看到一堆堆叠起来的石块，小型宝塔似的静立在神山下或神湖边。那是一个古老的风俗，起源也许比佛教的传入还早。过去的人们相信，那样做可以与上天取得沟通，传达他们的感恩，并祈盼上天一如既往护佑地方人畜平安。

可是在舟曲，若遇见大石头上摞着小石头，完全是另一回事。见过农民买卖猪崽的情形吗？谁家母猪下了一窝崽，乡邻先后去买，那些毛色油亮、活蹦乱跳的猪崽最先被选中。可是猪崽尚在吃奶，不能立刻带回去，又担心让别人捉去，怎么办呢？他们会在猪崽脖子上拴上一条红绳儿：占了。大石头上摞小石头，一样是约定俗成的标记，那是在告诉你，那块石头，包括那块石头所在的位置，已经有人占了，任何人不得染指。

那么，他们占一块石头干吗？

他们要造地。舟曲的山是石头山，坡是石头坡，许多村子找不到炕大的一块儿土地。因而，选中大而平的一块石头，母鸡刨土似的找来些熟土铺在上面，就是一块地了！

甘南是个清凉世界，三伏天气温也就那么二十几度。可甘南也有"塞上江南"呢，东南端的舟曲县就是，那里海拔才1000多米，河川里有水浇地，盛产花椒和柿子，庄稼也是两茬，而且出水稻。

生在甘南草原的人，总奢望领略一下自治州内的"江南风光"，去舟曲走上一趟，看看姑娘们白净的脸蛋和飘逸的裙子，看看白龙江边水光如镜的稻田，还有那些黄的红的累累果实，在房前屋后的枝头上骄傲地招摇。

可实际上舟曲山大沟深，那些生长着麦子和水稻的河川地，不过是一座山与另一座山间的狭窄缝隙而已。

在这个县的弓子石乡有个大名叫辽东的村子，坐落于悬崖之上。人们进出家门总不忘随手关紧大门并扣上门扣，因为院子里的鸡呀猪呀，不小心跑出去就会掉入万丈深渊，尸骨无存。更严禁孩子们追逐打闹，若是哪家孩子一时兴起撒腿疯跑，免不了挨父母一顿狠揍：瓜（傻）娃呀，娘老子养你这么大，容易啊？

舟曲在甘南是个人口大县，因而一些有限的绿色也在不断消失。有个关于烧柴的故事，常常被外人作为笑料，说的是县上来的干部在一户人家吃派饭，饭还未熟，家里的柴火就没有了。主妇急得团团转，最后当家的狠心将一只祖传的棒槌劈了，才勉强烧熟了那顿饭。

在当地政府推广太阳能和以煤代薪之前，全县每年有十多人因砍柴而坠崖身亡。他们岩羊般爬上崖壁，挖掘石缝里几乎成为化石的干树根。摔下山崖的时候，据说怀里还抱着那些珍贵的树根不肯撒手。

舟曲的白龙江边，有个叫曳流坡的村子。那个村子的土地分布在一座不停滑动的山体上。那面山坡每隔20年爆发一次剧烈滑坡，其时山上的石头土块翻腾着，涌动着，仿佛一锅煮开了的土石粥，使庄稼地块塄坎顷刻间荡然无存。土石壅塞了山下的白龙江，江水倒流数日，需要公家派直升机来爆破。滑坡平息下来的时候，眼前只剩一片白花花的乱石堆，仿佛摊开的豆腐脑。舟曲县城的豆腐脑小有名气，外来人总要找着去尝尝那风味小吃，曳流坡人绝对不吃那玩意儿，也忌讳说出"豆腐脑"三个字。

正如我碰到的一位捡拾烧柴的女人所说，屋里人还得吃啊。滑坡一停，曳流坡人又动手搬开石头，用锄头挖，用手刨，背来农家肥，花三四年时间将生土养成肥土。他们在滑坡上抓紧种十多年的庄稼，然后又开始提心吊胆，准备迎接再一次翻江倒海的折腾。

舟曲的乡村，到处是山的世界。高山上有稍大一点的地块需要牛耕，可上山的路只有人能够勉强攀登，四蹄牲畜如何爬得上去。他们就用背篼将牛犊背上山去放养，等长大了再驯化耕地。牛老了，死了，大卸八块，然后将肉背下山来。山下则找不到屁股大的一块平地，只能在大石头上铺一层土，造出一块块祭坛般的地。在那上面四季耕耘，只能用小巧的"二刃子"韭锄儿，仿佛在花盆里养花。即便那样可怜的地块，有人看着也会眼红，半夜里偷偷背走上面那点儿土，石头仍在，地就没了。哪儿去了呢？也许它就出现在不远处的另一块石头上。

多年前的一个三月，当甘南草原上仍然风雪迷茫的时候，我作为一名记者来到了舟曲。完成主要的采访任务后，留在我脑子里的不是莺歌燕舞的江南风光，却是灼灼盛开在春风里的桃花。其时，河坝里的冬麦已经掩过乌鸦，一片片一畦畦地翠绿着，而高耸露骨的山头闪耀着昨夜的落雪，提示着冬天的脚步并未走远。顺着那雪线往下看，山腰里氤氲着一团团红云，宛若日出时分飘飞的彩霞。那是桃花吗？跟前的人们淡然一笑：除了桃花，这个季节还有什么呢。

当我们寻着桃花的踪迹，攀上一道道山梁，进入一处处山坳的时候，确信桃花仅仅是一种象征。

在此后很长的日子里，那粉红的色彩时时在眼前映现，淡淡的清香也是挥之不去。它像是一首古老的歌谣，不息地回旋着，激荡着，吟唱着生命的欢乐与哀伤。

在铁坝，为了采访一座正在兴建的水电站，我们进入了一条幽深而陡峭的峡谷。站在电站进水口那碧水盈盈的渠道边，我瞥见峡谷深处似有炊烟升起。我问陪同的人，那儿是否还有人家？回答说那儿是有几户人，只是道路不便，很少有人出来，也很少有人进去。我们就从乱石堆中爬行而上，到那个几乎与世隔绝的山寨里去。

穿行在低矮破败的民房板屋间，我的眼前突然一亮：在一处较为宽敞的院坝里，有一株鲜艳的桃树，在阳光下静静绽放着，如同一蓬燃烧的火焰。树下潮湿的土地上，有几个小女孩正在玩耍，清脆的叫喊声，仿佛是一群啁啾的画眉。花和孩子们的背后，是一些古旧得发黑的木屋板壁，还有一些劈柴围成的栅栏，经历日晒雨淋，呈现出青灰色，仿佛已是木柴的化石。

当我举起照相机的时候，那些快乐的小鸟们霎时受惊，哄然逃散了。只有一个五六岁的女孩怔怔地站在那儿，仿佛刚从土里冒出来的嫩芽儿，带着湿漉漉的地气和露水。她惊异地盯着我，目光比那清澈见底的渠水还要纯净，又比突然被擒住的小鸟还要惊恐。她脸蛋上是斑斑泥巴，但两腮红润，宛若桃树上的花瓣；她的头发向四周呈放射状展开着，使她就像一个野人儿，不，更像童话中一个小小的精灵。

我不忍再次举起手中的相机，使她受到不必要的惊吓。当一个女人——也许是她的妈妈——用急切的声音呼唤她的时候，她还是猛然惊醒过来，如同发现置身于危险境地，尖叫一声，转身飞也似的逃走了。

只有灼灼桃树立在那儿，愣愣的，不知所措。

县城对面，白龙江南岸的江盘南山，其陡峭的程度，远远望去几乎是一面绝壁。因其山峰形同笔架，便被称为笔架山。可是，当我们花上几乎整整一天的工夫，仅仅攀到"笔架"的一个坳口时，我就无法再把它的名与实统一起来——与实际情形相比，文人的想象是多么浪漫而富有诗意啊。

在山下的时候，我不能相信上面还有生长庄稼的地块，更不会想象得到，那里还壁画般悬挂着鸡犬相闻的一个个村子。

我们会说，如果有人生存在那里，是因为别无选择。其实，这不仅仅是一句别无选择可以说得清楚的。我在这个县的县城里曾听说了这样一件事——有位下乡干部问山上的一位老农：你们这里都是石头，而且干旱缺水，想不想换个地方，比如……迁到河西去？

你想那老农怎么回答？

他生气地扭头就走，只撂下硬邦邦的一句话：要迁，就把这座山也一起迁走吧！

置身于笔架山上便看得出来，那座山曾经历过一次次惊心动魄的滑坡。那种整面山坡轰然崩塌的情景，是无法用语言来描述的。我只能打这样一个比方：造物主为了尝试一座山究竟可以造得多高，他就像攒起一堆面粉一样，高高攒起了这座山峰；可就在他一意孤行继续增加其高度的时候，山体不得不整体垮塌——而今滚落在山谷中一群群牦牛般的岩石，就是那粉末中的一些微粒。在这个县的大川、南峪、峰迭等乡，到处都保留着如此的滑坡奇观，使舟曲成为山体滑坡最严重、最集中的地区之一，并因此而闻名于世。

同样由于一树桃花的吸引，我攀到位于山峁上的一座石头小屋前。当地人称这种小屋为"暗房"，就是设在自家地头的临时住所，为的是耕种和看守那可怜的一些地块。在小屋的门口，有个中年男人蹲在一只盛放洋芋的背篓前，正在将一颗颗本来就很小的洋芋蛋儿再削成数瓣，拌上草灰准备下种；而在低矮的小屋里面，一个10岁左右的女孩，正在把案

车巴沟百年藏寨一角

板摆放在床铺上擀面。她将面团擀得薄而圆润，就像摊开了一轮薄薄的明月。由于那轮"明月"的映照，使阴暗潮湿的小屋内有了一点光亮。

小姑娘是个三年级学生。她的父亲说，因为她的哥哥得了病，她就没有再到学校里去——她的哥哥去城里打工，由于没有挣到所期望的那么多钱，结果精神失常，回来住院看病，花掉了家中所有的钱，妹妹的书费也就没了着落。

案板旁还放着一本语文课本，书的边角都卷了起来。我问她，现在，你每天还在读这些课文吗？她埋下头去不回答。她单薄的身子伏在床边，垂着眼帘，用那细长灵巧的手指，一点点剥去另一只手上沾着的面粉。

我离开那小屋，再度回头的时候，小姑娘已经坐在门槛上，手中拿着她的课本，出神地望着远去的我。而小屋门前的那株晚风中的桃树，仿佛招展在小学校园里的一面旗帜。

她那稚嫩而灵巧的手指，何日再握住一小截心爱的铅笔呢？

越野车在山道上驰过，路旁不时有一两株桃树一闪而过，犹如车窗外划过的一道道彩虹。

车在一个小小的山寨边停了下来。借别人休息的机会，我端着相机在附近走动。四处张望的时候，路边闪出两个花枝招展的姑娘。她俩身穿粉红衬衫，草绿裙子，宽幅的紫色裤子，黑粗布头帕上苫着鲜红的头巾。尽管那古老宽松的服饰遮掩了窈窕的体形，但她们蹦跑跳跃的轻盈，明朗纯净的笑容，让人觉得她们就是偶尔现身的桃花仙子。我想我的机会来了，如果按快门的手指不会因激动而颤抖，定会诞生一幅可以上杂志封面的照片。

可是还没等我举起相机，她们就机警地逃开了，躲到灌木丛的后面。我调好光圈和速度，然后做出并不在乎的样子打量别处，只以眼角余光留意着她们。果然，她俩小心翼翼地试探着，手拉手从灌丛后一步步移了出来。她们就像两只小鹿，敏感而警觉：当我快速移过镜头时，她们又惊叫着隐藏起来。如此三番五次，如同游戏一般。

她们也许不会知道，如今城里追求时尚的姑娘们是多么的幸福。但我可以肯定，她们同样渴望面对着镜头，展示自己青春洋溢的体形和迷人的笑脸。她们天真纯净的笑容，也许会使城里那些骄傲矜持的姑娘们自愧弗如。然而，她们有着太多的羞涩和惶惑，她们是山谷里默默生长着的含羞草，宁愿守着自己的一份美丽和孤独。

在一个地名叫磨沟的林区，我们查看了山坡被剃了光头之后，又通过人工育苗而成长起来的一片再生林。在育苗基地，有许多年轻的男女职工，俯身在苗圃里除草松土，仿佛是在精工制作一方方绿色地毯。那是一项多么需要时间和耐心的工作啊，一年的松苗细得就像针尖，三年才长到一拃高。

午休之际，我们来到职工宿舍，一位女工热情地为我们把盏敬酒。他们在工棚的四周养了一箱箱的蜜蜂，出售蜂蜜以补贴微薄的收入。他们将蜂蜜加入青稞酒中，煨在炉子上，做成一种口感和营养俱佳的美酒，谓之蜂汤酒。敬酒的这位女工是位年轻的妈妈，操一口典型的舟曲方言，语音柔婉动听，几乎令人难以回绝。尽管我没有砍伐过一棵树，但在每年声势浩大的植树活动中天知道栽活过几棵树，因而在如此的环境里，我觉得自己不配接受他们如此的礼遇。

咱们这儿可是开门见山（三）呀，说什么你也得喝三杯嘛……她用那宛若山泉流淌的语调说，似乎因我的拒绝而委屈得面色绯红。

为一句"开门见山"，我喝干了三杯。我想我会以此记住常年面对群山的他们，也记住所有为改善生存环境而辛勤劳作的人们。

离开那里时，我从工棚外的板壁上看到了一些歪歪扭扭、笔画粗放的黑色大字，那是用烧过的树枝写上去的："去年今日此门中，人面桃花相映红。人面不知何处去，桃花依旧笑春风。"

有一次是我一个人走上山去的。那里除了生长着一些稀疏的灌木，其余的空间都是峭壁和乱石。对面的山紧紧逼在眼前，千百年的雨水冲出一道道惊心动魄的沟壑，仿佛整座山被开膛剖肚了。在那些沟壑的边沿上，间或有石头垒砌的一两块地，生长着碧绿的庄稼，如同破衣缀着新的补丁，异常醒目；而那些简陋的石头房屋与灰白的山岩融为一体，若不着意搜寻，是无法看得出来的。

由于整个山体浑然一片，使那些地块里的绿色显得并不真实，甚至让人怀疑那是在人们过于热切的希望中，凭空生出的一些幻觉。

在一条几乎无法行走的小道旁，我遇见了一位捡拾烧柴的女人。她大约五十多岁的年纪，但已经腰身佝偻，目光呆滞，而且似乎已丧失了听力，因为当我走近时，她没有任何反应。她用那骨节变形、犹如枯枝的手，整理着刚刚砍下来的一些拇指粗的灌木枝，那些灌木枝条上正在绽开着嫩绿的叶子。她把那些枝条收集到背篓附近，然后一根根很整齐、很仔细地放进她的背篓，就像摆弄着一根根珍贵的金条。

我站在她面前，看着她好久，她终于发现了我。她惊慌地张大了嘴，似乎正在做一件违法的事而被当场揭发，并将因此而受到严厉的惩罚。她低下头嗫嚅道：屋里没柴了；我得做饭，屋里人得吃啊……

跟其他舟曲人一样，她把"屋里"称作"位里"。她还不停地絮叨着什么，可是语音嘶哑，加上浓重的方言，几乎无法辨听。

人们说，女人的生命力是顽强的，尤其是青藏高原上的女人。从眼前这位女人身上，我似乎看见了这里许多女性共同的影子——童稚女孩，妙龄少女，刚刚做了妈妈的少妇……生活的重负会让她们的容颜加速老去，不变的是她们与生俱来的韧性和耐力。

我帮她装好柴火，扶她背起那几乎与她的体重相当的背篓，目送她一步步走下山去。人们常说，造物主是苛刻的，他给此就不予彼。但是，在这里，倒不如说造物主是残忍的，几乎剥夺了人们的一切——用干旱，用暴雨，用滑坡，用泥石流，总之聚集了所有的灾难，毁坏田里的秧苗和人们赖以藏身的茅屋。

我不知道自己能够了解到民间生活的多少细节。生活是真实的，而我们习惯游走于真实之上，用漠然的眼睛俯视一切，并显得心安理得。

在一次完成采访返回县城的路上，夜幕降临，又适逢暴雨骤然而至，飞泻的泥水蒙住了车窗。山谷中的泥石流已经倾泻而出，发出惊心动魄的轰鸣。不巧的是，汽车的两只前灯突然都瞎了，只能靠着连续不断的闪电，照亮道路两侧的悬崖和咆哮的江水……

如果换了时间和地点，也许会为自己的境遇担忧。但此时此刻，我不再承认人的生命是脆弱的。在灾难面前，人会展示生命力的坚韧，就像生长在穷山恶水之间的桃树，更显其美丽与灿烂。

在惊天动地的暴风雨中，我的脑海里映现着那些娇艳的桃花，空气中依然弥散着淡雅的芳香。尽管对那些虽然衣衫褴褛却依然神情乐观的人们心怀敬意，但心头不可避免涌上一缕伤感，暗自为他们的命运合掌祈祷。

期待弥合的伤口

2008年"5·12"汶川地震，使相邻的甘南舟曲县、迭部县不同程度受灾。在灾后的访问中，舟曲县一位劫后余生的女人向我讲述了她的经历。她说地震发生时她正和丈夫在一起，结果她那宽厚寡言的爱人死了，她却有幸存活了下来。

她说她很后悔。她说地震袭来的时候，她和男人正在家里拌嘴，她表现得没有理智，甚至像个泼妇。

她是个漂亮的女人，又有点任性。她和丈夫并不丰厚的收入是需要精打细算的：一份要寄给在外上学的孩子，一份存起来，要凑足购置新房的款子。而她又是个爱美的人，剩下的一份除了生活上必需的开支，还要添置一些漂亮女人所需的穿戴。可是她发现，近几个月来丈夫带回家的工资袋瘪了不少。这是她无法容忍的。因此灾难发生的那天，她正在逼问丈夫怎么回事，丈夫却支支吾吾，似要瞒天过海。她不依不饶，两人上班的时间就被延误了。

你不说清楚，今天就别出这个门！女人堵在门道里说。

男人嗫嚅道，我不告诉你了吗，借给一个同事了。

每月都借吗？家里这么紧，你倒在外面耍阔气？

人家急用嘛。

借给谁了？你的同事我可全认识，瞒不过的！哦，该不是在体贴那个离了婚的小美人儿吧？你这个花心萝卜，我早就看出来了！

我……我可不是你想的那种人。

我知道自己没人家年轻漂亮，你搬出去和她住算了！女人呜呜地哭着说，我在商场里看好了一条夏装裙子，一直舍不得买……你知道吗，我去那儿看了不下十回了！

就在此时，电视机、家具猛然跳起来，接着轰隆一声，他们居住的破楼塌了。女人的尖叫声被巨大的声响湮没，男人的呼喊也被飞扬的尘土呛住了。大地的震颤停歇下来的时候，他们看不见对方。

你没事吧？男人急切地问道。他想去救女人，可他的下半身被倒塌的墙壁压着，动弹不得。

女人也发觉脸上黏糊糊的，满嘴血腥味。她在瑟瑟发抖，绝望地叫道，你不是盼我死吗，我死了你就清净了！

男人说，亲爱的，别说傻话。要是我们能活着出去，我会马上把那条裙子买回来!

你这伪君子,就是我死了,我的鬼魂也会在天空盯着你,看你到底和哪个妖精在一起!

其实男人是被冤枉了,他是在偷偷资助老家的几个孩子读书,已经坚持三个月了。他们的孩子考上了大学,可老家农村的侄儿侄女随时面临辍学。如今生死难卜,他不得不说出了实情。

女人一下子沉默了。过了好久,她哽咽着说,农村还有那么多穷人,你都帮得过来?

男人的声音已经很微弱了,他说,你的老家也一样,还有那么多人生活在贫困里。在他们的孩子连学也上不起的时候,我们就是再富有,那也不是幸福,而是一种罪恶……

他们的世界笼罩在漫长的黑暗里。

第二天她得救了,可她的男人永远闭上了眼睛。

从废墟里救她出来的,是一些素昧平生的人。她追悔莫及,在被送往医院的路上,她几次试图跳下担架,投入一侧翻滚的河流。

……

之所以记录这样一个平常故事,是因为另一个女人的作为更令人沉思。

那位救助过一名中国残疾儿童的女人叫陈博瑞,是美国

舟曲"8·8特大山洪泥石流灾害"纪念碑

马里兰大学的一位在读博士。2004年10月的一天，她在北京街头碰见一位伏地乞讨的女孩。她的目光被女孩吸引，于是停下了匆匆的步伐，俯下身问道，你是怎么啦？

她面前是12岁的四川姑娘周琳。那是个聪明可爱的孩子，因为家里不慎失火，下肢被严重烧伤了。女孩的父母都是农民，拿不出数额巨大的医药费，女孩所在的学校和村子都曾发起过捐款，父母又东凑西借，最终还是欠下了10万元的债务。

陈博瑞听完小姑娘的讲述，不假思索地说，别担心孩子，我会帮你的。

于是，这个素不相识的女人毅然踏上了漫长的救助之路。她费尽周折把女孩接到自己的国家，发动更多的人参与到救助活动中来，让那可怜的孩子得到了最好的医治，也让她得到了一个孩子所需要的爱和温暖。

陈博瑞在接受采访时所说的话，是坦率而耐人寻味的。她说，我相信宇宙是有机的，是有感受的。我们与这个世界是一体的：如果你皮肤上有个伤口，周围的细胞组织马上会调动起来使之愈合。这是本能，用不着计算。周琳在街上要饭，就是这个世界的一个伤口。贫穷和腐败，也是这个世界的伤口。我们都是细胞，会本能地过来帮助，愈合这个创伤……

而这次，是大地撕裂了一道触目惊心的伤口。

九十九眼泉的挽歌

舟曲县城在历史上一度被誉为泉城，这是针对遍布城里的九十九眼泉水而言。在城关的每一条街巷，都有清粼粼的泉水流淌一侧，石板路面，石砌水渠，洁净而优雅。人们可以在自家门口淘菜洗衣，每天清晨新鲜蔬菜摆上街头的时候，那些从自家院子里拔来的菜绿绿的嫩嫩的，且是淘净了的，看着放心，忍不住就想买了带回家。

舟曲在解放前又叫西固，接壤陇南连通四川，久承中原文化熏陶，自清代即创翠峰书院，民间私塾遍布村镇。为求取科举功名，好学之士身背行囊跋山涉水，不远百里千里之遥，徒步赴兰州、西安或北京应试，其艰辛、其坚韧无有出其右者。他们恪守"达则兼济天下，穷则独善其身"的信条，中举者欣然赴任，为国效力造福一方；屡试不中者或回乡教书行医，或修身明志，笔墨字画伴其一生，谦谦风范同样流传于后世。如此拥有两千多年历史的文明之地，实为江河之畔、群山之麓的弹丸一隅，然小则小矣，却极具山高水长的风脉，雅致秀丽的景致，其南山笔架、北峰古刹、东岩晚照、西城古堡，无一不濡染着历史文化的悠久底蕴，浩浩江水自西向东穿城而过，涓涓清泉漫溢于庭院小巷，石墙民居椒枝探头，阁楼书屋墨香飘溢，更有元宵灯会万民观灯同乐，楹联灯对铺陈文明遗风，真可谓二里半城区不亚于塞上江南，民风儒雅堪称不二扬州。2015年，舟曲被中国楹联学会授予"中国楹联文化县"的称号。

舟曲县城自然是当地文化的中心，每年元宵，泉城四街两关的大街小巷用木椽搭设灯棚走廊，上覆松枝不露天光，只以蜡烛或植物油灯做光源（今用电灯），灯棚内两侧楹柱挂满对联，皆为自编自书，风格各异气象万千，置身棚内恍若仙界，更似迷宫。届时县城居民倾家而出，扶老携幼观赏灯对，摩肩接踵的游人，漫步在欢腾喜庆的街市，人人观灯吟联，个个颔首赞叹，浓郁的文化气息弥漫于整个县城。清代有人如此吟诗赞叹：

> 西固城形一只船，露骨积雪六月天。
> 南山笔架文明象，瀑布飞流半空悬。
> 三眼涌泉千古迹，七星古柏四时鲜。
> 城头虎迹人罕见，驼岭钟声渺渺传。

九十九眼泉，是大地的明眸。那九十九只水灵灵的大眼睛，使舟曲县城充满了灵性，也濡染着水乡神韵，走在县城的大街小巷，任意一幅楹联牌匾，都是一幅颇具水准的书法作品，似乎行走于露天的书法展厅。那种风韵和才气，在广袤的西北怕是难觅其二的。县城对面一座逼人眼目的山峰酷似笔架，舟曲的文人墨客们一番龙飞凤舞之后，便将意念之中的如椽巨笔安放于那笔架之上——而那九十九眼泉水，便是供他们淘洗羊毫的天然砚池。

我拜访过一位被尊为舟曲书法界宗师的老先生，名叫张鸣凤，他白须冉冉，一身儒雅之相。他在阁楼的书房接待了我。老先生与我对坐酌饮，他是退休教师，我也教师出身，论及学高为师、身正为范的甘苦生涯，自是十分投缘。面色微酡之际，他铺纸挥毫，一幅四尺宣的《泉城吟》浑然天成。家酿的青稞美酒，风韵绵长的墨香，不觉令人心醉神迷。时至黄昏，巍巍笔架山映入木格窗口，在迷蒙的月色中突然空灵而飘逸起来。小小泉城，之所以历代文人墨客层出不穷青出于蓝，与此淳厚的青稞美酒、古朴雅致的小小阁楼以及灵山秀水的滋育不无关系。

自20世纪后期开始，由于植被减少，干旱频发，泉城的好多眼泉变得反复无常，时而干涸，时而出水，地下水一年比一年少，白龙江也一年比一年瘦了。

一切已成美好回忆。一场突如其来的灾难后，那些曾映照过世代泉城人平静面容、与孩子们的欢声笑语一道淙淙流淌的清泉荡然无存。

泉城瞎了，哑了，呆了，痴了。

2010年8月8日，泉城遭遇了有史以来最为惨烈的特大山洪泥石流袭击。转瞬之间城后的三眼峪（以三眼泉水命名）、月圆村等村子被夷为平地，伴着电闪雷鸣，汹涌的泥沙裹挟着山石轰隆隆向前推进，壅塞了城区所有的空间，夺走了数千人的生命。一座城的自然灵动，一座城氤氲千百年的书卷气息，被一座冰冷的灾害纪念碑所替代。

舟曲女作家包红霞后来出了一本记录此次灾难的《悲情舟曲》，在后记中她如此回顾采写时的感受："每次执笔，就会想起那些逝去的朋友和熟人，脑海里便会浮现泥石流的场景，尤其是那些放置在废墟上和马路边的遗体，有些盖着床单，有些什么也没盖，血迹斑斑，苍蝇和蚊子是那么的多！当我不得不用文字重现那惨烈景象时，眼泪常常模糊了视线……"

她写作《悲情舟曲》的过程中，也多次打电话给我，说面对如此巨大的伤痛，她的心力几乎不能承受，人整个要崩溃了，并几度打算放弃。我说你身在舟曲，你的使命就是记录，呈现，思考，无论做到哪般程度，能给后人留下一点值得参考的东西就算尽责了。在各方人士的鼓励下，她终于完成了近30万字的作品，其中还收录了一篇分析泥石流成因的文章。那篇有点"斗胆"的文章可能出自她身为该县气象局局长的丈夫之手，剖析了灾难形成的几个因素，现节录几段文字：

"从地图上看，舟曲位于青藏高原东缘与南秦岭接合处。山大沟深，四季分明，新中国成立前，这里曾是甘肃省重要的林业基地，植被覆盖率非常高。那时山里居住的大部分是藏族羌族，他们敬奉山神，视山中万物皆由山神管辖，轻易不砍树木不滥杀飞禽走兽。

"20世纪80年代，社会学家费孝通到甘南考察，在文章《甘南行》里有一节《白龙江话林业》提到舟曲林业在新中国成立后的变迁：白龙江流域是我国重要的林区，盛产云杉、冷杉，面积220万公顷，木材蓄积量1.56亿立方米，1958年实现公社化，森林全部收归国有。1966年建立了直属于林业部的白龙江林管局。1972年下放到省，由川、甘分管。在1966年之后的20年里，林业局从东北和四川调入1万多名林业工人。现年75岁，籍贯河南上蔡的朱海彦于1966年从东北林业局调入舟曲，从此在此地扎根。在白龙江林业局，朱海彦和工友们每天开着大型机械，去大山深处进行采伐。朱海彦记得自己砍伐过最大的一棵树，直径有4米多，'我开拖拉机装的，树把解放车的钢板都压坏了！'那是老伐木工人骄傲的回忆，'好几个人躺在树桩上睡觉绰绰有余，想想这树多雄壮！'

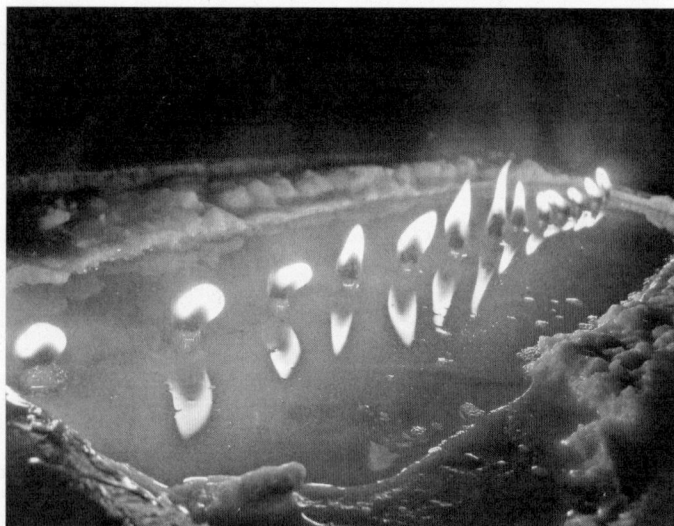

祈求平安的酥油灯

"据统计，舟曲县林业局在成立后的 35 年间，累积采伐森林面积 189.75 万亩，生产木材 276.74 万立方米，平均每年采伐量为 12.33 万立方米。以 15 棵树为 1 立方米计，舟曲县每年要砍掉 180 万棵树，30 余年中，4000 余万棵成材树木倒在伐木机下。

"在费孝通考察白龙江的 20 世纪 80 年代，舟曲森林面积已较 20 世纪 50 年代缩小了 1/3，木材蓄积量少了 1/4，白龙江流量减少了约 8%，含沙量却增加了 60%，白龙江变成了'黄龙江'。县志记载，全县森林资源每年以 10 万立方米的速度逐年减少，生态环境超限度破坏的连锁反应，已带来越来越多的泥石流、滑坡等系列严重灾难。

"半个世纪以来，舟曲辖区的森林遭受'剃刀'式砍伐，城内的修建扩张冲破了祖宗划定的边界。在舟曲，人对大自然、对环境大肆掠夺与破坏之后，……2010 年 8 月 8 日凌晨，人类将自己的脆弱以生命的终结和家园的破败展现给了自然！"

灾难已经过去多年，舟曲县城的废墟中先后又冒出两三眼泉水。它可能也是一个象征：人也好，土地也好，都具有顽强的自我修复能力，生生不息，永不放弃。

人类命运只能掌握在自己手中，套用一句佛教偈语：

欲知前世因，今生受的是；欲知来世果，今生作的是。

附录

我珍藏的一些词语

现代文明的钢铁履带轧轧推进，所有的自然之物无处遁形。无节制的开发建设蚕食着原生态的环境，人与动物的天然庇护所已鲜见于华夏大地。每一天，每一处，如此的围猎都在进行，当一部分人抱着"金山银山"挥霍无度的时候，失去"绿水青山"的大多数也许只剩下回忆和喟叹。

作为一个书写者，除了描摹和赞美，还能为这片尚未"沦陷"的土地做些什么？

让我记下一些古老或朴素的词语吧，哪怕其中一些仅仅是藏语名词的音译。在我的写作中，使用频率最高的就是这些朴实无华的词语，书写时我的笔端充满着敬意和珍爱，如同面对它们所表达的事物本身。

这是我力所能及的一件事：将它们写满我边角翻卷的笔记本，就像留住大地上自然生长的一棵树、一丛草。

［首曲］

曲，水之藏语。在甘南藏区，江河皆以曲命名，如黄河为玛曲，洮河为碌曲，白龙江为舟曲。首曲乃黄河第一弯。

黄河进入甘南的时候还是个发育期的孩子。它清瘦，灵动，欢快地穿行于巴颜喀拉与阿尼玛卿之间的深山峡谷中。

当地牧人唤它为玛曲（玛卿），那是它的爱称，因为远看其碧绿的颜色如同孔雀的翎羽。而它的鼎鼎大名，是在进入黄土高原并改变了颜色之后才有的。

辽阔的甘南草原上，那些映照着天光的湖泊，那些穿行于湿地草丛的溪流，使黄河的体格日趋健壮。它在那里长驱直入，登上造物主为它而备的广阔舞台。它的嗓音日渐浑厚，不经意间完成了它的成人仪式。

温柔的海子依恋着它，蜿蜒的河流牵着它的衣襟。金色的赛钦花簇拥着它，牧人跌宕悠扬的歌声附和着它的节拍。它徘徊于温柔之乡，几乎迈不开向前的脚步了。于是它索性回头向西，在天地间泼洒出一个巨大的圆弧，如同王羲之的纵情一挥。

这就是首曲，天下黄河第一弯的壮美景象。那舞动于天际的彩练在朝阳和落日的余晖中变幻莫测，是世人难得一见的"宇宙之庄严幻影"。

黄河是雄性的。当我第一次翻越噶玛梁，举头眺望高远的天际，那岚烟中滚滚而来的，是怎样一派掀天揭地的宏大气势。那是一次宗教式的灌顶，荡涤了我的浮躁和偏狭，让我的灵魂突然间茁壮。它也不乏母性的宽厚，每当我一个人伫立岸边，垂穗披碱草般低下我的头颅时，它又显得从容而深邃，无数的漩涡一层层荡漾着，仿佛一朵朵盛开的莲花。

黄河在甘南流连400多公里，补充了将近一半的水量。因而，甘南草原成为名副其实的中华水塔。黄河带走了草原上大大小小的河流，一路浩浩荡荡激情澎湃，惠及中下游无数个城市和辽阔的田野。

牧民们的故事里，黄河是如此富于人性：它接到东海龙王的邀请，前往出席盛大的宴会；可是它不愿独享荣耀，便带了首曲的白河、黑河以及其他兄弟姐妹，一同欣然前往。

[阿尼念卿]

那是一座飞翔的山。

相传阿尼念卿的山神赤红脸膛，双目如炬，身披虎皮斗篷，极尽威武强悍。他骑一匹灰色烈马，在漂亮妃子曼杰旺姆的陪同下，巡游于牧场村寨的上空。

据说，相邻的阿尼玛卿山神与他法力相当，由于玛卿是藏传佛教格鲁派的护法神，而念卿一度效力于古旧的宁玛派，两位大神各事其主，相安无事。后来念卿山神寻衅挑逗，掳走了玛卿的美貌夫人。玛卿大受其辱，一路驱马追赶，待念卿回头时射出一箭，灭了如炬双目中的一炬。独眼大神的行为并未就此收敛，300年前格鲁派在拉卜楞建寺，他仍横加干扰，凡寺院举行法会必遭一场霹雳冰雹，打得僧侣们抱头鼠窜。然魔高一尺道高一丈，佛家的法力胜过了地头霸主，念卿遂被缉拿归案，严加拘押。后来他终被佛法感化，归顺为拉卜楞寺的护法。

在青藏牧区，一座座巍峨大山被插上了翅膀。那些巨大的翅膀乘风而起，在牧人们的天空里不知疲倦地鼓动着。

春暖花开的日子里，牧人们怀揣风马纸片，在山神栖居的高地煨桑祈祷，插上箭镞和经幡。20世纪40年代初，藏学家于式玉女士受到邀请，与牧人一同前往祭拜阿尼念卿。只因念卿山神不认识那文弱的内地女学者，而且喜欢欺生，登山途中让她大吃苦头。于女士骑马行至陡峭的山腰，座下之马无故受惊，她被摔下马来，翻倒的马匹又从身上压了过去。幸得牧人们纷纷出手救助，于女士终归逃过一劫。于女士早年留学日本，日军占领北平后要她出任北平女子文理学院院长，她严词拒绝后，遂与先生李安宅一同来到西北。在拉卜楞寺活佛的支持下，她开办了拉卜楞女子小学，投身藏区的基础教育事业，同时深入藏族各个阶层考察访问，开创了我国藏学研究的先河。

如今，众神已回到了天上。

在我居住的合作市，抬头即可望见北方天际阿尼念卿的峻拔山峰。它是甘南最著名的山峰之一，也是青藏高原和黄土高原的分界岭。

　　于式玉女士进入甘南的时候，乘坐着一匹骡子驮载的架窝子，摇摇欲坠，艰难穿行于岩壁和丛林之间。而今，国道高速公路从兰州延伸而过，将两个高原间的羊肠小道辟为通途。出合作市翻越山口，向东北进入土门关，便是阡陌纵横的河州川塬了。

　　[格桑花]

　　格桑花是吉祥花。

　　首次到甘南的人，总会好奇地打问：哪朵花，才是真正的格桑花呢？

　　格桑花是草原上所有美丽之花的总称。那黄的赛钦花，白的银露梅，蓝的马蔺，紫的龙胆，都是格桑花的别名。

　　百花铺陈的草原，牧人们谓之梅朵合塘。

　　在长冬无夏、春秋相连的青藏高原，格桑花盛开的日子是草原的盛典。在诗人笔下，那是自然之神惊叹于生命的顽强，而特别展露的灿烂一笑。

　　[梅朵合塘]

　　梅朵合塘是花的滩，花的海洋。在玛曲欧拉秀玛草原，黄河流经那片鲜花簇拥的草地，依依不舍辞别玛曲隐入青海拉加峡谷。由于地处险远，从前外人能够一睹西梅朵合塘花海的，只是为数不多的探险者。

当那片广袤的草原百花盛开的时候，进入花海的人会欣喜若狂，情不自禁脱掉衣服在花丛中手舞足蹈，而随手抛掷的衣物之类会被花朵撑起不会落到地上，足见花朵的稠密茂盛。这是一幅什么样的景象？四野全是奇花异卉，蜂蝶曼舞，百鸟歌吟，还有蓝的天，白的云，大河从身边静静流过——这是梦中的香巴拉，是世所罕见的人间香巴拉。在生态环境日益恶化的今天，在满目空旷苍凉的西部，这样的景致不复有二。当地牧人常常从中骑马而过，马的四蹄即被芬芳的花粉染黄，谓之香染马蹄。

60多平方公里的梅朵合塘，每至7月中旬，整个草滩将里三层外三层开满香气扑鼻的赛钦花，灿若彩霞；到了8月，又是蓝色的龙胆花铺天盖地，使天地浑然一体；9月份，又轮到素淡的毛茛花展示风采，斑斑点点绵延天际，宛若银河繁星闪烁。由于高原紫外线的强烈照射，各种花朵色彩特别艳丽纯真，随着季节的推进而整体变幻色彩，真是此景只应天上有，人间哪得几回寻！

传说中梅朵合塘曾是格萨尔王的故乡"岭国京都"，也一度成为西部吐蕃王臣与中原交流途经的"骏马驿站"。据史料记载，历来许多海内外学者游客，都想前往寻幽探胜，一览大自然的奇妙杰作。20世纪30年代，有来自美国的植物学家约瑟·洛克，曾在卓尼做了两年的筹划准备，立誓抵达积石山麓的西梅朵合塘。

但一行30多人隆重西行至卓格尼玛，就因种种原因踌躇不前，最终无功而返。

而今的黄河首曲，已向外界敞开了怀抱，想要领略西梅朵合塘的人间奇景，只需一颗向往自然美景的心灵，和一双纯洁的眼睛。

[拉章]

拉章乃活佛府邸之意，已变音为拉卜楞。拉卜楞寺创建于清康熙四十八年，是藏传佛教格鲁派六大寺院之一，至今保留着最为完备的教学体系，1982年被列入全国重点文物保护单位，1985年成立了甘肃省佛学院，享有"世界藏学府"的美誉。

在学校教育欠缺的过去，藏区的文化艺术传承皆有赖于寺院和僧侣，拉卜楞寺既是甘南牧区藏族群众的信仰中心，也是教育、文化和各类艺术的中心，培养了一代代名扬佛教界的藏族学者。拉卜楞寺素有爱国爱教的优良传统，1933年国民政府封第五世嘉木样为"辅国阐化禅师嘉木样呼图克图"。他是一位具有远见的宗教领袖，为资助抗日战争，1940年向国民政府捐献30万银圆购买飞机用于抗战，国民政府委嘉木样为"蒙藏委员会委员"，并颁赠"输财卫国"的匾牌。1952年抗美援朝期间，寺院再次捐款购买战斗机为国分忧。在大是大非面前，寺院高层总是顾全大局，把国家、民族利益放在首位，为广大教民和整个西部藏区树立了良好的形象。

[觉乃]

觉乃是藏语，意思为马尾松。相传元朝建立之初，萨迦第五代法王八思巴受忽必烈邀请，途经卓尼时，见到山阳台地上两棵粗壮挺拔的马尾松，地形也极为殊胜，便授意弟子在此选址建寺，弘扬佛法。后来觉乃变音为卓尼，寺院称为卓尼大寺。清康熙年间，康熙皇帝为其敕赐"禅定寺"的匾额，从此卓尼大寺又称为禅定寺。

明代洪武以后，此地成为卓尼土司领地，由卓尼土司杨氏家族总揽政教事务。通常由土司之弟掌管教权，若是独子，则集土司、僧官于一身。明清以后，历任土司注重佛经传播，大规模编纂、抄写、刊印佛学图书，创办了《甘珠尔》和《丹珠尔》印经院，印行的珍贵典籍大量销往国内藏族聚居区以及日、美等国。

[卡尔雍仲]

一座造型奇特的古老城池。它不是常见的四方四角古城，而是由匀称的八个角组成空心"十"字几何图形，今人谓之八角城。全长4公里多的城垣保存完整，城内20万平方米的占地面积，如今除了数十户居民的房舍场院之外，还有种着青稞、油菜的大片田地。

这座位于夏河县甘加草原白石崖山麓的古城，现存城墙最完整处底厚14米多，顶厚5米多，最高13.5米，一条名为央拉的小河从北引入，穿城而过，南门之外亦有一河名为央曲，似为护城河。在只有弓弩矛戈的冷兵器时代，这样的设施也许使该城固若金汤了。

在藏文典籍中，卡尔雍仲的意思是字城，似乎与佛教中的"卐"字符号有关。其实这座古城出现的年代也许更早。八角城城墙下层夯土层中多有新石器时代的文物出现，加之城外西北侧还有汉墓群和出土的王莽时代货币，因而原甘南州博物馆馆长、考古专家李振翼先生推断八角城建于汉代。但在如此边远之地为何建城，为何建成如此怪异形状，仍是一个未解之谜。

值得一提的是，八角城附近的白石崖寺，是一座由女活佛任寺主的藏传佛教寺院，至今已传承六世。女活佛谓之光日仓，原意是"守石山的人"，当地群众对其极为虔信。

[姜托措干]

姜托措干意为高寒湖，汉语称其为尕海湖。它是甘南草原第一大淡水湖，也是青藏高原东部草原的重要湿地。当地牧人传说，天界女神看到这片草原花草如茵，翩然而下沐浴采花，返回时不慎遗落了腰间的一块翡翠。

尕海湖畔水草丰茂，南来北往的珍稀鸟类每年在此落脚和繁殖，黑颈鹤、灰鹤、白天鹅等珍禽遍布湖边草滩，牧人们自发保护鸟蛋和幼雏，使其不受野兽和人为侵害。1982年设立省级候鸟自然保护区，配备专人守护。

[阿玛周措]

一座高山湖泊，汉语为冶海。湖面始终与山口石坎齐平，连日降雨浪涛翻卷不见其溢，烈日暴晒连接干旱亦不见其竭，历来被视为神湖。每年夏季藏族群众前往朝湖，煨桑祈祷，抛洒风马纸片，向湖中投放宝袋，祈求风调雨顺。

最奇特的景观出现在冬季。其时山头银装素裹，湖水结冰平整光洁，冰层中呈现晶莹神奇的图案，花草树木，山水人物，宫殿宝塔等等，谓之冶海冰图。

冶海边还有一块巨大而平整的岩石，谓之放账石。相传过去若有人生活窘困，或生意上一时周转不开，就去那儿向冶海的神灵告贷。头一天夜里，人们只需将帽子或手帕放在岩石上，并说明事由和借贷数额，第二天天明去看，帽子里或手帕上果然如数放好了银子。人们恪守信用，神灵也毫不吝惜，总是满足着人们的愿望。可是到了后来，有个贪心的财主也看着眼红，于是穿了一身破烂衣服，将一个大皮袋放在岩石上，捏着鼻子说：菩萨心肠的冶海神灵啊，请把所有的银子都装进皮袋吧，等我赚了钱就加倍还你，还要给你立庙塑像！第二天麻麻亮，那贪婪的家伙就呼哧呼哧背着沉甸甸的大皮袋，像一只八月的旱獭躲回家中，从此不再露面。从那以后，神灵不再相信任何人，穷人们就再也借不到一粒银子了。

[鞑王金銮殿]

那是元世祖忽必烈曾下榻的城隍庙，当地人简称隍庙。

那里过去是洮州卫、洮州府驻地，如今是甘南临潭县新城镇。那里的群山被层层梯田环绕，那里的房屋都是黄泥涂抹的农家小院。

忽必烈南下远征云南时，庙里只塑着一尊城隍爷的泥胎。赫赫威名的蒙古大汗虎落平阳，即便在秋霜染白瓦楞的夜晚，也只能辗转反侧于城隍爷的脚下。

后来忽必烈坐了天下，隍庙几经翻修，勉强像个样子了。城隍爷的位置是否被忽必烈的塑像替代，史料上并无记载。尽管如此，它距离金銮殿仍是相去甚远。

那城隍庙注定是要出名的。1936年，中国工农红军在这里成立了苏维埃政府，朱德总司令来到这里，又在憨态可掬的泥塑下摊开了铺盖卷。他与那城隍爷对望时，是否露出风趣幽默的微笑？

那座承载了太多历史的隍庙终归平静了下来。而今，只在每年端午期间才会热闹那么一阵子。在那风拂杨柳、油菜花开的好时节，洮州各地十八位龙神集会隍庙，举行声势浩大的驱灾禳雹仪式。

庄稼是农民的命根子，洮州只长青稞和油菜的农田，偏偏受到冰雹的频繁光顾。无论那禳解仪式是否奏效，年复一年，农民们依然将那仪式进行得如火如荼。

[香浪节]

香浪节是流传于甘南夏河地区的民间节日，相传最早由拉卜楞寺四世嘉木样因祭祀山神而首创。寺院僧侣也需在每年特定时间上山采薪，嘉木样活佛便将二者合一，规定每年农历六月初为香浪节，集祭祀山神、采薪和休闲为一体。附近藏族群众乐于跟从，将其作为休闲娱乐的民间节日推广开来，相沿成习。

香浪节期间是草原上春暖花开、羊肥牛壮的季节，人们穿上节日盛装，带上帐篷、炊具和青稞酒，到风景秀丽的草地，度过十天半月的野外生活。其间会开展村与村之间的赛马、拔河等活动，娱己娱人，增强联谊。近年来，香浪节期间也会有组织地举办锅庄舞、原生态民歌比赛、民族体育运动等群众性文化活动。

2015 年，甘南藏族自治州顺应民意，以立法形式确定每年7月的第三周为香浪节。

[采花节]

采花节也叫女儿节，是舟曲县山后博峪一带藏族的传统节日，每年农历端午节期间举行。盛装打扮的男女青年相约前往山林，采摘盛开的枇杷花（杜鹃）插在头上，歌舞娱乐，谈情说爱，情投意合者便可交换信物，私订终身。

相传很久以前，博峪山寨一个贫苦人家有六个姑娘，一年端午节的时候，小姑娘上山采花时受伤，被一位叫达玛的姑娘所救，并将她背回了家，炮制草药悉心医治，很快得以康复。其时民间疫病流行，善良的达玛姑娘带领六姐妹，踏遍博峪的山山水水，采药治愈了众多患者。达玛姑娘去世后，六姐妹以她为榜样，继续为当地百姓解除疾患，六姐妹去世后同达玛一起葬在开满鲜花的山上。当地人为了纪念达玛和六姐妹，就将博峪的七座山称为七姐妹山。为表达对她们的感激之情，年轻人在每年端午节都要结伴上山祭扫七姐妹的坟墓，采吉祥花带回家，采花节就此形成，相沿至今。

每年5月盛开在博峪山区的枇杷花，也被称为达玛花。

[拉伊]

拉伊是流行于安多地区的民歌，内容主要是谈情说爱。

藏族青年男女常常用拉伊表达爱慕之情，一般不在村寨吟唱，只在野外活动中进行。春节期间则是例外，可以在村里演唱拉伊，也只是在青年男女集会的特定场合，不能有年长者参与。通常是在村中的嘛呢房或房屋宽敞的某户人家，大家欢聚一堂，不分昼夜地歌舞娱乐。歌者手举酒瓶，一曲唱罢就将酒瓶传递下去，接力者饮上一大口酒，接着便引吭高歌起来。为了博得心仪之人的青睐，歌者总是极尽潇洒之能事，在歌曲内容、嗓音、神情方面各展风采，有的才华横溢出口成章，有的锋芒凌厉咄咄逼人，喝彩声、鼓掌声、口哨声不断。拉伊没有固定歌词，演唱者触景生情，随兴编唱，巧妙地运用比兴手法，形象生动地向心仪之人传情达意，不少歌词都采用了六世达赖仓央嘉措的情诗。

[智观巴·贡却乎丹巴绕吉]

一部巨著的完成者。

1801年，19世纪曙光乍现时，他出生于夏河县黑措丹增部落，即今日的合作市。6岁时他被认定为上一世智观巴的转世灵童，披上了象征尊贵的黄色袈裟。由于天资聪慧，他在拉卜楞寺学经期间，经典秘籍过目成诵，触类旁通。成年后两次赴拉萨深造，之后又游历了甘、青、川安多藏族聚居区的大小寺院，遍访名师贤达，设坛讲经论辩。一位活佛，身负简陋行囊，踽踽穿行于青藏的崇山峻岭之间，终至苍颜皓首。他在65岁时完成了洋洋上百万言的《安多政教史》，成为后世藏学研究者案头必备的重要文献。

深居寺庙的喇嘛们一生青灯黄卷，著书立说，终至于束之高阁，尘封于幽暗密室。而智观巴的书写，构思于阳光下，完成于风雪旅途。他没有眷恋养尊处优的活佛宝座，而是让自己的双足享受行走和探寻的快感。

他不需要任何加冕，他的头上戴着天然的桂冠。

他是甘南的米拉日巴。

[丹真贡布]

丹真贡布（1934—1996），甘南夏河县人，新中国第一代藏族诗人，他根据藏族民间传说写成的叙事长诗《拉伊勒与隆木措》被誉为新中国成立后少数民族文学史上的"第一只报春的布谷鸟"。他一生所作诗歌数量有限，但情真意切，字字珠玑，在世时只出版了一册薄薄的《羚之街》，后人整理出版了他的诗集《溪流集》。他是一位高贵而又谦卑的伟大诗人，不仅属于甘南或藏族，也属于中国，属于世界。

我曾冒昧向合作市提过一项建议，应该在羚城广场为丹真贡布先生立一座雕像。我建议在雕塑的基座镌刻上他的一首诗，那首脍炙人口的《祖国》：

藏族人爱细瓷的碗，

生在瓷器的祖国；

藏族人爱浓浓的茶，

生在茶叶的祖国。

藏族人要同虎狼搏斗啊，

他们便有个不怕虎的祖国。

啊，我不相信命运的赐予，

却敢说这是挚爱的甜果。

[上头]

藏族姑娘的成人仪式。

这一风俗曾盛行于夏河拉卜楞地区，民间的叫法是做头。姑娘到了特定的年龄需改变头式，作为她获得成人权利的标志。

那是一项颇为庄重的仪式。日期一般选在正月初三或初五，那也是举行婚礼的吉祥日子。届时姑娘家中会大办筵席，通知亲朋好友前来集会。作为主角的姑娘被女人们围在中间，她们通常会眨着或羞涩或迷惘的眼睛，貌似不解其意。女人们也不解释，由两三名儿女双全、泼辣能干者将其原有头式拆散，用艾草清洗一遍，随即编成无数条柳丝状的辫子，谓之碎辫。那辫子到底有多少条，在姑娘心里永远是个谜，不能问也不能数。然后佩戴上珊瑚、琥珀等昂贵装饰。片刻之间，姑娘的身份即发生奇妙变化：她由一个需要父母兄长保护的少女，已转变为可以独立生活的大姑娘。接着她就拜见前来贺喜者，或到亲戚朋友家走访，接受大家馈赠的礼品。

当地有句谚语：男上十五，计不问父；女上十五，食不乞母。做过头的姑娘往往单独居住，既可参与各种社交集会，也可与男性自由交往，父母不再过问和干涉。

过去，姑娘到了十五六岁即可获得如此的自由，做过了头，即便未婚先孕也视为正常。由于晚婚晚育的倡导和推行，这个门槛如今已经略有加高。迈入成人的门槛，她不但能够品尝到青春的甜蜜，也需要担当她无法预测的烦恼和生活的重负。

[三格毛儿]

格毛儿是辫子之意，三格毛儿即三根辫子。

卓尼藏族妇女的发式，全世界绝无仅有。

在卓尼农区，藏族妇女一般身着天蓝色长衫，腰系宽幅织锦腰带。那种长衫堪与内地城市的旗袍媲美，由于开衩高，红色长裤若隐若现，别有一番风韵。而她们的辫子，比达坂城姑娘的辫子还要长上许多。她们头戴缀着珊瑚珠的石榴形帽子，从脑后三片石榴叶状的帽沿垂下乌黑粗壮的三根辫子，腰部用织锦腰带轻轻拢住，辫梢一直抵达脚踝。走起路来，辫子与袍襟随风摆动，更显身材颀长端庄。

卓尼"三格毛"女子的长辫

在卓尼，有三样"物产"是标志性的：车巴沟的犏牛，拉力沟的木头，卓尼藏族的丫头。

卓尼藏族的丫头何以出众？三根辫子摆动，摆出了风情万种。

[洮州娘娘]

洮州包括现今甘南临潭、卓尼和碌曲的洮河流域，是明清时的建制。如今，洮州人依然对女性敬称娘娘，这是延续了明清时期的江淮遗风。

洮州是唐宋以来的茶马互市中心，14世纪末叶，为了维护正常的茶马交易秩序，朝廷将平息了地方战乱的内地军士留驻洮州，也将他们的妻儿家眷强行迁至此地，伐木造屋，铸剑为犁，既要自食其力养活自己，更要忠于职守确保边地长治久安。东边杨柳依依西边雨雪霏霏，左手收割青稞右手制酪为食，来自鱼米之乡的人们一边唱着伤感的屯田歌，一边义无反顾献身于艰苦卓绝的屯守生涯。从大明洪武年间一直到永乐、洪熙，屯田者们渐渐适应了严酷的气候，也习惯了以粗糙的青稞和带膻味的奶酪为食，他们的第二代、第三代虽然已成为黑脸膛、粗嗓门的西部农夫，但梦里依稀回到草长莺飞的江南故土，他们的穿着、语言都保留着难以割舍的内地习俗。

随着现代文明的迅猛推进，明清传统在内地已消亡殆尽，而深藏于青藏高原的洮州却基本保留了原貌，尤其明代洮州卫驻地临潭新城一带，人们的语言、服饰仍保留着明代的江南遗风，成为明清时期江淮文化的活化石。

明清文化的集中展示，是在洮州一年一度的端午龙神会。是日，新城的大街小巷旌旗蔽日，锣鼓喧天，来自东西南北四路十八乡的农民队伍身着明代戎装，簇拥着各自的龙神轿子，在鞭炮声、呐喊声中浩浩荡荡向隍庙进发。那些龙神大多是辅佐朱元璋打得天下的大明英烈，也有的是洮州土著神灵，共同护佑洮州风调雨顺，国泰民安。而大街上满是花枝招展的洮州娘娘，她们苫着花手巾儿，穿着西湖水的蓝衫子，脚上是喜鹊踩梅的绣花鞋，袅袅娜娜，顾盼生辉，真可谓"十三省的人样子，飞禽过来掠样子"。若不是高原紫外线给她们两腮印上红二团，肯定会让人误以为置身千里之外、六百多年前的江南庙会了。娘娘的称谓更是随处可闻，即便民歌野调中也依然在唱："尕背篼里背柏香，路上走的尕娘娘，背篼拿来我背上，尕手拿来我托（牵）上。"

洮州也曾出过一位真正意义上的娘娘，那便是明代洪熙年间的李贵妃。永乐元年，安徽凤阳人士李达接任洮州卫指挥使，开始了他长达四十多年的镇守生涯。这位以忠立身、以仁抚民的朝廷命官不负厚望，一方面修筑烽墩、寨堡，除暴安良维护地方稳定，一方面鼓励军民发展生产，大力开拓茶马互市，并积极开办卫学，倡导文明开化，使洮州很快出现"创墩台瞭望处处农猎，开卫学教化家家诗书"的太平景象。他育有六子八女，其中第三个女儿尤其出类拔萃，生得花容月貌，上街常常发生路人围观事件，如同罗敷再世。她不得已用麻子面具遮掩面目，民间便称其为麻娘。麻娘娘16岁那年，永乐皇上驾崩，皇太子朱高炽即位，在全国选美中她被选中，随即接入皇宫，以其倾国倾城之貌和贤淑品行压倒群芳，被封为贵妃娘娘。

[珊瑚]

珊瑚是大海的徽章。

亿万年前，青藏高原沉睡于古地中海的深处。沧海桑田，青藏隆起，那浩渺大海如今已退缩为欧、亚、非三大洲之间的一湾浅水了。

而今，大海的徽章佩于牧人胸前。

每逢节庆聚会，人群里总是珠光宝气，灿若云霞。

那些面色黝黑的人，那些与牛羊为伴却计算不出牛羊数目的牧者，能够准确判断出珊瑚的年轮。从那暗红色的波纹里，他们倾听到喜马拉雅古海的喧响，还有人类首次直立行走的空谷足音。

对曾经逐水草而居的牧人来说，珊瑚串的加长意味着财富的积累。女儿成人之日，母亲会取下项上的珊瑚串作为那神圣仪式的礼物。它带着母亲的体温和慈爱，还有先辈无言的嘱托。

那带着斑驳虫洞和磕碰痕迹的珊瑚，铭刻着先人们生生世世的恩怨情仇，记录着勇敢与美丽演绎的传奇故事。牧人们相信，越是古老的珊瑚越是有灵魂的。漫长的岁月赋予了它们生命，那是涅槃后的永生。

[洮砚]

洮砚是文人墨客案头的高雅之物，而它的制作者，却是一些手硬如锹的西北农民。

与端砚、歙砚并称三大名砚的洮砚，其石料深藏于喇嘛崖下的洮河之底。宋代文人赵希鹄写道："除端、歙二石外，唯洮河绿石，北方最为贵重，绿如蓝，润如玉，发墨不减端溪下焉。然石在大河深水之底，非人力所致，得之为无价之宝"。

那绿石头的产地，便是甘南卓尼县洮砚乡。

卓尼番族首领于大明永乐二年内附朝廷，皇上册他为土司，并赐姓为杨。他的属民纷纷跟着改了杨姓，洮砚也一度被称为杨家洮砚。土司百姓下马为民上马为兵，号称三斗三升菜籽兵，明清以来替朝廷分忧杀伐征战，维护了洮河流域的安定。杨土司世袭二十代，是甘南最大的土司，也创建了甘南藏区除部落制之外的另一种社会形态。土司辖区一草一木皆为杨家所有，开采绿石头自然要持有土司衙门的执照。洮砚乡村民也自发保护石料，史载"但闻窃石之声，即纠合村民，前往制止，丝毫不予通融"。因而在过去，洮砚虽然贵为砚中珍品，其流通程度远在端、歙两砚之下。

洮砚石夹带着蕨类植物的茎叶和原始昆虫的尸骸，是深埋于洮河之底的琥珀。它翠绿而温润，手指所及即刻沁出水珠，这种呵气可研的品质，深得过去倚马可待的文人们青睐。

如今，洮砚石的开发惠及了本乡及周边的村民，而在洮砚乡，几乎人人都是洮砚雕刻艺术家。因而在20世纪末，洮砚乡被文化部冠以"中国民间艺术之乡"的美名。

[河曲马]

河曲马，是驰骋于青藏大地的良马。

"卫藏法区，康巴人区，安多马区"，这种史书上的分类虽然大而化之，却也反映了过去三大藏族聚居区的主要特色。牧人们爱马胜过生命，以河曲为中心的安多草原便成为马的乐园。

西晋时吐谷浑部落由辽东迁徙进入黄河首曲，带来的东北马与土著马会合，培育出了第一代河曲良种。唐代安史之乱后，吐蕃、羌、吐谷浑等部联合攻陷陇右养马基地，获得各国使节向大唐进贡的波斯马、大宛马、乌孙马，将其统统迁往河曲草原进行繁育。元明两代，蒙古人进入河曲，再次引进了蒙古良马。

首曲草原成为各种良马的移民区。在那天然摇篮里，河曲马不断优化，乃至更新了血液，形成体格高大、挽乘能力俱佳的河曲神驹，与蒙古马、伊犁马并列为我国三大名马。河曲马擅长负重远行，对高海拔气候有极强的适应能力，即便在海拔4000米的缺氧山地也行走自如，剧烈运动后，半小时内心跳和呼吸即可恢复正常。

"那时家马和野马尚未分开"，"那时家马与野马刚刚分开"，一位著名的小说家总会如此展开他的叙述。如今，又到了一个以马划分年代的时候。年轻一代牧人更喜欢不吃草的"钢铁骏马"，那些通人性的河曲神驹便遭无情冷落。河曲马的辉煌已成历史，它就要和人分开了。

位于黄河首曲的玛曲县，如今每年都要举行盛大的赛马会。山花烂漫的夏季，青海、四川、西藏、内蒙古和新疆的良马齐集首曲草原，展示它们曾经的速度与健美。

对那些与马相依相伴千百年的牧人们来说，除此以外，已经难以表达他们对马的眷恋和挽留。

[藏獒]

藏獒是世界上最凶猛，也是最忠实的犬类。

在无边的夜幕下，若有藏獒在牧场巡视，牧人们便可高枕无忧。它是忠于职守的典范：只要咬住不速之客的裤脚，即便打碎它的脑袋，也绝不会松口。在藏獒面前，豺狼虎豹也不是对手，1996年7月的一个夜晚，一只花豹闯入了玛曲牧民旺堆家的帐圈，直到旺堆听到异常动静打着手电筒出去查看，守护牛羊的藏獒已结束了与花豹的搏斗，倒毙在地的花豹满身是血，喉咙已被咬穿了。

感动于藏獒的信义，作家杨志军完成了《藏獒》三部曲。他试图用藏獒的诚信，来对抗商品社会大行其道的狼性。他说：因为我意识到我所描写的藏獒，藏獒的生活，藏獒的精神，已经离我们远去了，那么，就让我为它唱一首挽歌吧。

确实需要为藏獒唱一曲挽歌。如今，那些作为宠物被牵着招摇过市的藏獒，除了附庸风雅，不知它嫉恶如仇的天性是否也因此而改变。

而小说《藏獒》的畅销，无疑又为投机商做了最佳的广告，加剧了藏獒流离失所的命运。这是狼性对忠义的践踏。这种悖论，天真的作家是始料未及的。

[酥油]

酥油和蜂蜜同出一源。

奶牛是庞大而憨厚的四脚蜜蜂，它采集花蜜的方式是狼吞虎咽，然后由人从牛奶中分离出酥油。

酥油奶茶滋养着牧人，给了他们雪白的牙齿和强健的筋骨。由于青藏高原不适宜产茶，唐宋以后实行茶马互市，内地茶叶源源不断输入雪域。牧人们流传至今的谚语是：酥油和茶是一家，藏人和汉人是一家。

酥油也用来进献神佛。对牧人来说，精神和食物同等重要。但凡有了喜事，或者有所期盼，他们总会说：在佛前供一盏酥油灯吧。因而，不少人风餐露宿历尽艰辛，千里迢迢赶赴心目中的圣殿大昭寺，只为在随文成公主进藏的那尊觉沃佛前点一盏酥油灯。

酥油花却是对鲜花的复原。每年正月期间，寺庙的艺术家们用加了颜料的酥油制作出硕大的花朵，驱散冬季的漫长和单调。

花以酥油的形式回到了它自己，回到了夏季。

[刀食合]

刀食合是极具草原风味的肉食快餐。

据说它的发明权属于古代的盗马贼，他们只凭一把腰刀、一只火镰，即可吃到新鲜美味的羊肉烧烤。

烧烤，是的，它独具的风味贯穿古今。

用绳子缠住羊的口鼻，使其窒息而死，然后在胸部划开口子，伸手进去扯断动脉血管。那样做的理由是：既宰了羊却未见流血，绕过了不杀生的戒律；同时也使羊血盛于腔内，不需要另备容器。接着将羊腿上的嫩肉割成小块，拌上盐巴等作料；将羊胃翻过，抖尽草渣；同时拢起一堆牛粪火，将拳头大小的许多卵石投入火中。待石头烧得通红，就将肉块和石头混杂装入羊胃，迅速扎住开口。羊胃里一时砰砰作响，气球似的鼓胀起来。只需片刻工夫，不但肉已烤熟，且有大量肉汁可供饮用。

如果马褡子里还有盛满青稞酒的皮囊，一顿刀食合野餐就更加完美了。

如今的牧人并不赞赏那样的做法，因而在草原上，刀食合已是很少见了。若真想品尝一下它的美味，如今可在甘南一些饭馆酒店的菜谱里找到。

[青稞，糌粑，青稞酒]

青稞是一种耐寒的高海拔作物。

牧人们每餐离不开的糌粑，便是青稞磨成的。过去的牧人需要驮上羊毛皮张干奶渣，去东部农区或半农半牧区以物易物。他们将青稞炒熟，在手摇小石磨上磨成炒面。过去的大户人家是每餐一炒一磨的，以保持青稞最初的纯与鲜。拌糌粑是需要特殊技巧的手艺活：在盛着奶茶的龙碗里放入酥油片和干奶渣，待酥油化开，加入炒面和白糖。那高耸如喜马拉雅雪峰的炒面，揉捏时不得有丝毫撒落。捏糌粑团时顺势用拇指摁一个小坑，灌入做好的肉末辣子汤，谓之辣子尕勺，其味独特，营养全面。在野外则简便得多，将酥油块和青稞炒面装入小羊皮袋，双手将袋子揉捏片刻，糌粑就算拌好了。

甘南地域辽阔，自西往东依次是牧区、半农半牧区、农区。

到了东南部的白龙江流域，不但盛产青稞和小麦，还可收获水稻与瓜果。所以，甘南是立体的。人说青藏高原是世界屋脊，那么甘南就是世界的屋檐，那出产水稻的地方，便是在屋檐之下了。

牧人的传说中，他们的祖先最初是通体发光的，鸟儿一般轻盈飞翔，不知烦恼为何物。后来，有人误食了一种称为麻麦的草籽，身子变得粗重起来，光也随即熄灭了。清爽之人变成笨拙俗物，是悲？是喜？不过此种说法，达尔文不会赞同的。

无论如何，那麻麦便是后来的青稞。

用青稞酿造成青稞酒，则是个神奇的升华，将沉重再次转化为轻盈。在甘南藏区几乎家家都能酿制青稞酒，也是家家接待客人的必要礼仪：手捧斟满酒的龙碗，唱一曲敬酒歌，宾客其乐融融，陌生人也瞬间成为手足兄弟。在甘南人人善饮青稞酒，有这样一种说法："酒龄要比年龄长。"虽然是一句戏言，但既有此说，似乎也有其可能性：若有孕妇不愿忌口，隔三岔五"品尝"一盏半碗亲手酿造的酒，孩儿在娘胎里即可接受酒的熏陶。真实的情形是，摇篮中的婴儿不沾一点酒就往往哭闹不已，若用筷子头蘸一点家酿的美酒，滴在婴儿翕动不止的小口里，小家伙就会立刻"龙颜大悦"，咂巴咂巴小嘴，显得心满意足。

在舟曲还有一种罐罐酒，其饮用方法谓之"叫鸡儿"。将发酵好了的青稞酒醅装进小坛子，煨在面前的火炉上。饮酒者人各一坛，急不可耐者打开盖子，瞬间便酒香四溢。取一支五六寸长

的竹管，竹节处劈成梅花状裂缝，饮用时将有竹节的一端插入
加热了的酒坛，吱吱吱啜饮即可。那吱吱的声响酷似鸡儿在叫，
"叫鸡儿"的说法是再也形象不过了。

[松潘茶]

草地牧人"嗜茶如命"，喜欢的就是松潘茶。从他们古老的
歌谣中，可以看出那种茶叶是多么金贵："茶叶最早长在哪里？茶
叶最早长在南方。三个汉族男子种的茶，三个汉族姑娘采的茶。
商人洛布桑布买来的茶，驮夫道桑翁姆驮来的茶。渡过了大江小
河的茶，翻过了高山峻岭的茶……"

松潘茶显得粗枝大叶，有的枝干有筷子那么粗，简直可以拿
来当柴烧。但它含有足够的热量，喝了能对付所有的坏天气。烧
茶的方式也非常简单，随便丢一把到奶茶里，壶开时投几粒青盐，
然后就可以不管，任它在火炉上噗噗地溢。壶里的水明显耗下去
的时候，特别的茶味就出来了。倒茶时须折一把金露梅细枝插在
壶嘴里，免得碎茶叶混出来。松潘茶很酽，牛血一样又黑又红，
喝一口有点苦，还有点咸，后味却芳香而醇厚，能使浑身筋骨
酥软。

松潘茶并非产自松潘，它只是借了松潘特殊的地理位置，四
川、云南的茶叶在此会集，然后以松潘的名义，被骡帮马队带到
青藏高原广袤的草地。

[松香]

留在我童年记忆里的一种香草。那是大哥出远门干活时带来的。清晨生火时在火盆里少放几根，满屋子便充满神奇的清香，让人头脑清醒，身心畅快。

后来就没有了。我老家的山上有火绒草，人们叫艾，放在火里闻着也香，只是比不上松香的纯。那种艾草通体白色，毛茸茸的叶片酷似兔耳，细碎的花瓣却不很引人注目，通常是叶和花一起捋下来，一下午能捋一口袋，晒干后装枕头，可以醒脑明目。

我工作过的几个地方山上都有艾，我一直用它来代替松香。艾草晒干后用手掌揉搓，将松散的花瓣与绒毛状的叶片揉为一体，然后搓成一指长的艾条，放在干净的纸盒中。每天清晨点一根在香炉里，看着白烟徐徐升起，香味随之弥散开来，既浓烈又青涩，人也就随即警醒起来。

后来到了羚城，一段时间总是去四面的山坡上搜寻，看有没有松香。羚羊走过的地方，竟也不见了松香的踪影。或许曾经有过，而今隐匿了它的行迹——许多有形的无形的事物，凡是让人觉着珍贵的，都难逃如此的命运。经人介绍，在西山之巅找到一种叫地椒的紫花植物，枝干很硬，似乎是木本，带回去放在火中，香倒是香，就是没有松香的清爽飘逸。

哪儿还有松香？总觉得不会再跟它有缘，只是忘了大河流经的玛曲草原。一个偶尔的机会，我在玛曲阿万仓见到了它。脚下草地上，大片大片在微风中起伏的，都是那种开着紫色小花的香草。它条形叶片大多湮没在茂密的牧草间，唯那颀长的花茎伸展出来，粲然绽放出一簇簇紫色花朵，在高原夏季的暖风中轻轻摇曳。

带了松香的标本回来，对照植株和花朵特征，我终于在王树茂先生编著的《甘南草原常见野花野草》中找到了关于它的记载。它的学名谓之甘松，藏语叫绑白，俗称香草。它生长于山坡、河畔阴湿处，既可入药，也可做香包，唯中国所特有。

据说格陵兰岛冰层融尽之日，海平面将大幅上升，低海拔区域不复存在。那时候，黄河首曲湿地也将干涸，阿万仓草原难免飞沙扬尘。其时香草何在？也许真的就难觅其踪了。

喜欢，珍爱，只在今日。

[冬虫夏草]

这是个神奇物种。

它混淆了动物与植物的界限，让热衷于划分纲目的科学家一筹莫展。什么东西能够在冬天以虫的形态蛰伏于地层，春天又长成一棵稚嫩的小草，招摇于青藏的阳光下？

而且它似乎带着某种暗示，或者说它本身就是一句神秘的谶语。

一种蛾子在草叶产下虫卵，被雨水带入土壤，孵化成蚕宝宝似的幼虫；而虫草的孢子也通过雨水渗入地下，与那懵懂无知的小冤家相遇。

在幽暗的地层，也许会留下它们如此的对话：

蛾子幼虫：为什么对我如此温柔？

虫草孢子：前世的五百次回眸，才换来今世你我的相遇。

蛾：春风吹过，我会张开翅膀飞翔而去的。

草：请不要离开我……命运让我寸步难行，可我也有一个飞翔的梦。

蛾：那么好吧，我会带你去实现那个梦想。

草：亲爱的，就让我们更加亲近一点吧……

于是，它们相依相偎，度过了寒冷的冬季。第二年，春天的脚步唤醒万物时，蛾子幼虫发现已经为爱所缚。它的神经被虫草孢子完全控制，体内也充满了神奇的孢子菌丝。第一场春雨渗入泥土，那狡黠的虫草孢子已经得逞，它以蛾子幼虫的头部为基座，长出了茁壮的茎芽。

人们挖出虫草时，据说那可怜的虫子还在苦苦挣扎呢。

此前，牧人们从未理会过那可疑的生物。可是曾几何时，内地城市的橱窗里，冬虫夏草带着豪华的包装被陈列出来，并标上不亚于黄金的价格，令憨厚的牧民们大惑不解。它确实已成为一种时尚的保健用品：一些吃饭不香、睡觉不安的都市人，如获至宝地将其捧回，用以治疗奢靡生活带来的种种不适症候。

其实，冬虫夏草只带给我们一个启示：本该自由飞翔的生灵，却被世俗的欲望所缚，终至于无力自拔。

[牛粪饼]

不能吃的"饼子"。将湿牛粪团起来，饼子一样贴在石墙上，晒干以后备作燃料。在牧区村寨，随处可见墙面上的牛粪饼，成排成行，密密麻麻。而在草原牧场，牛粪饼是糊在草地上的，晒干后堆成一座座小山，外面再涂以牛粪防水，看上去如同一座座黑色堡垒。

草原牧区用牛粪饼作燃料由来已久，同时还可用来煨桑，祭祀神灵，因是花草所变，并无太大异味，神灵似乎也不见怪。每日清晨，家庭主妇会在自家屋顶燃起牛粪饼和柏枝的烟火，加上糌粑，再洒几滴净水，祈祷神灵护佑人畜兴旺，世道太平。

[龙达]

驰骋于天空的马。

两寸见方的纸片上，中间印着驮宝的骏马，四角是龙、鹏、虎、狮，上方日月并行。汉语谓之风马，御风飞翔的马。牧人们立于高山之巅，将风马一把把抛向天空。随着山谷的气流，风马渐升渐高，翻飞明灭，宛若满天繁星。

哒哒的马蹄声随即掠过头顶。

风马是牧人们贡献给神灵的坐骑。他们确信，无论善的还是恶的神灵，只要博取欢心，就会为草原降下甘霖，并遂他们所愿，庇荫大地上所有生灵的幸福安康。

甘南的天空被神话填满，被传说涂抹得五彩缤纷。佛家所谓空无妙有，在这里并不难理解：某个放羊娃在山洞里睡上一觉，揉开惺忪睡眼，即可说唱格萨尔史诗，而且滔滔不绝，有如神助。青藏高原清净无染的天宇，如同容量无限的磁盘，储存着史诗和乐章的全部元素。因而甘南，历来是诗人和艺术家的摇篮。他们仰望星空，吟唱着生命的尊贵与壮丽。他们飞扬的思绪不为物质所累，即便家徒四壁两袖清风，也沉浸于与神共舞的欢乐，以期窥见那灵光一现的人生奥秘。来自内地都市的摄影家、画家们，除了在这里捕捉到非凡的艺术灵感，也获取滚滚红尘里遗失已久的纯真自我。

高原是厚重的，而牧人的梦，却如此透明而轻盈。

[经幡]

经幡是清风翻阅的文字。

印着经文的一面面旗帜，在村寨牧场啪啦啦招展。谁说清风不识字？它的每一次翻卷，便是一次完整的诵读，甚至不会遗漏任何一个标点。

佛教传入之前，牧人们奉行原始本教。印度佛教受到外族重创，僧侣翻越喜马拉雅山逃入西藏，促成了雪域佛教的兴盛。同样的机缘，晚唐时吐蕃赞普朗达玛兴本抑佛，卫藏僧人又纷纷逃散，不少来到安多，带来了大量的佛经资料。甘南藏传佛教的繁荣，便以此作为契机。

而经幡，则是出自普通信众之手。卷帙浩繁、佶屈聱牙的典籍只能供年老博学的喇嘛们闭门研修，不识字的信众只能选择更为便捷的方式。

那也是佛教倡导的方便法门之一。

20世纪30年代初，一个私自潜入中国藏族聚居区的巴黎女子，也就是后来成为著名东方学家和藏学家的大卫·妮尔，在看到四处飘扬的经幡时说："使人觉得大风会把印在那些经幡上的赞扬和祝愿传到远方。"

经幡，那承载了感恩与祈愿的翅膀，在碧蓝的天幕下成群地飞翔。

[嘛呢石]

嘛呢石，刻在石头上的祈祷和祝福。

嘛呢石上一般是藏文"唵嘛呢叭咪吽"六字真言，也有单独一个藏文首字"啊"，或一幅吉祥图案。而用亿万块嘛呢石砌成墙、堆成山的，可能是某部完整的佛经。

无论是六字真言的首字"唵"，还是藏文字母"啊"，据称

三种文字刻写的"六字真言"

都表达着宇宙生命共同的呼唤。

而嘛呢石承载的，堪称是世上最为坚定和持久的信念：生命脆危，石头长久。千百年以后，甚至天翻地覆之后，如果还有考古这个行当，手持鹤嘴镐、戴着近视眼镜的老教授肯定会为之惊叹：天哪，真是不可思议……

[哈达]

一条纯洁的丝织物。

哈者心意，达者马也。民间有句谚语：买卖争分毫，人情一匹马。哈达便是那样的一匹马：该送您一匹马，才足以表达我的敬意……

那么，洁白的哈达献给您。

[扎西德勒]

藏族常用敬语，见面时表示关切和问候，告别时则是祝愿，祝愿对方心想事成，吉祥如意。

扎西德勒！